# *Le Nez*
# et autres nouvelles russes

Traduit du russe par Laurence Foulon
Anthologie

LE DOSSIER
**Trois nouvelles russes fantastiques**

L'ENQUÊTE
**La Russie au XIXᵉ siècle**

Notes et dossier
**Hélène Maggiori-Kalnin**
agrégée de lettres classiques

Collection dirigée par
**Bertrand Louët**

# Sommaire

## OUVERTURE

© Librairie Générale Française,
Paris, 2011
© Hatier, Paris, 2011
ISBN : 978-2-218-95425-2

*Traîneau passant
devant un palais russe.*

# *Le Nez* et autres nouvelles russes

\* Tous les mots suivis d'un \* sont expliqués dans le « Petit lexique littéraire » p. 145-146.

# Le Marchand de cercueils

## Qui sont les personnages ?

### ADRIAN PROKHOROV
Marchand de cercueils, pas toujours très honnête, il a le caractère sombre qui convient à son métier. Il est également susceptible et gronde ses filles pour un rien.

### GOTLIEB SCHULTZ
Cordonnier de son état, voisin d'Adrian, d'origine allemande, il est très bavard.

### LES CLIENTS D'ADRIAN
Ils sont menaçants même s'ils ne sont pas très robustes et n'offrent pas grande résistance !

## Quelle est l'histoire ?

Adrian Prokhorov, un marchand de cercueils, déménage avec sa famille. Un de ses nouveaux voisins, le cordonnier Gottlieb Schultz, le convie à un banquet.

Au cours du banquet, Adrian se vexe quand on lui propose de boire à la santé de ses clients, puisque ce sont des morts ! Il se promet en rentrant chez lui de n'inviter à pendre la crémaillère dans sa nouvelle maison que ses clients, uniquement des morts.

Le jour suivant, Adrian s'occupe en ville de l'enterrement de la marchande Trukhina. À son retour chez lui, il trouve son domicile rempli par tous les morts auxquels il a vendu des cercueils ; les squelettes veulent se saisir de lui...

# Pouchkine et son époque

## Pouchkine (1799-1837)

● **UN ÉCRIVAIN PRÉCOCE...**

Alexandre Pouchkine est né en 1799 dans une vieille famille noble russe, très cultivée.

À 15 ans, il publie pour la première fois un de ses poèmes dans la revue *Le Messager de l'Europe*.

À 18 ans, il a fini ses études au lycée et est affecté au ministère des Affaires étrangères.

De 18 à 20 ans, il écrit beaucoup, fréquente les cercles littéraires et politiques de Saint-Pétersbourg. Ses poèmes qui critiquent le pouvoir l'obligent à s'exiler dans le sud de la Russie.

Pendant les années qui suivent, toujours surveillé par la police, il écrit un grand nombre de poèmes, sa tragédie *Boris Godounov* et le début de son roman *Eugène Onéguine*.

● **...SOUS HAUTE SURVEILLANCE**

À 27 ans, il est autorisé à gagner Moscou mais le nouveau tsar Nicolas I$^{er}$ contrôlera désormais lui-même tous ses écrits. Tous ses déplacements et ses actes seront surveillés par toutes les polices de l'Empire jusqu'à la fin de sa vie.

En 1830, il écrit *Les Récits de feu Ivan Petrovitch Bielkine* dans lesquels figure *Le Marchand de cercueils*.

À 32 ans, il épouse une jolie jeune femme qui lui donne quatre enfants.

À 38 ans, en 1837, Pouchkine meurt d'un coup de pistolet dans un duel avec un Français qui courtisait « un peu trop » sa femme.

| | 1801 | 1812 | 1815 | 1825 | 1830 | 1837 |
|---|---|---|---|---|---|---|
| ◀ HISTOIRE | Avènement du tsar Alexandre I$^{er}$ | Campagne de Russie lancée par Napoléon | Chute de Napoléon | Le tsar Nicolas I$^{er}$ succède à Alexandre I$^{er}$ | Début de la Monarchie de Juillet | Début du règne de Victoria au Royaume-Uni |

| | 1799 | 1809 | 1818 | 1819-1826 | 1830 | 1837 |
|---|---|---|---|---|---|---|
| TÉRATURE | Naissance de Pouchkine | Naissance de Gogol | Naissance de Tourgueniev | Exil de Pouchkine | Publication du *Marchand de cercueils* | Mort de Pouchkine |

5

# Le Nez

## Qui sont les personnages ?

**KOVALIOV**
Le major Kovaliov, assesseur de collège, est un homme très soigné, ambitieux et intéressé.

**LE NEZ**
Il apparaît vêtu de façon reconnaissable comme un conseiller d'État. Il se promène en calèche, va et vient comme un être à part entière, regarde les autres avec mépris.

## Quelle est l'histoire ?

Le 25 mars, au petit déjeuner, le barbier Ivan Iakovlévitch trouve dans son pain un nez qu'il reconnaît comme celui d'un de ses clients. Il s'en débarrasse en le jetant dans la Néva.

Kovaliov de son côté se réveille le 25 mars... sans nez ! Incrédule, il scrute son image dans tous les miroirs et doit se rendre à l'évidence. Il n'a plus de nez !

Il rencontre dans la rue, se promenant en calèche, son nez habillé comme un conseiller d'État, sans pouvoir l'arrêter. Il veut porter plainte. Coup de théâtre, on lui rapporte son nez, mais celui-ci ne veut plus tenir sur son visage...

# Gogol et son époque

## Gogol (1809-1852)

### DES DÉBUTS DIFFICILES

Nicolas Vassiliévitch Gogol naît en 1809 dans une famille noble d'Ukraine. Son père lui donne le goût de la littérature mais disparaît en 1825 le laissant chef de famille.

À 19 ans, Nicolas Gogol va à Saint-Pétersbourg, désirant faire une carrière dans l'administration. Il renonce bientôt à ce projet pour se consacrer à la littérature. Il est, pour quelque temps, professeur d'histoire. Il est introduit dans les milieux littéraires et Pouchkine l'encourage à écrire. Ses écrits, *Les Soirées du hameau*, ensemble de nouvelles comiques, grotesques et fantastiques inspirées par la vie des paysans d'Ukraine, lui assurent un rapide succès.

### UN VOYAGEUR PERPÉTUEL

En 1936, paraît *Le Nez* qui reflète à la fois la fascination et le rejet éprouvés par Gogol à l'égard de la grande ville du nord.

En 1842, il parvient à publier son chef-d'œuvre, *Les Âmes mortes*. Ce roman qui critique la Russie tsariste déclenche le scandale. Gogol fuit son pays. Se sentant incompris, il va beaucoup voyager à travers toute l'Europe, l'Italie restant le pays qu'il affectionne le plus. Il va aussi dans les Lieux Saints en Orient. Il revient de temps en temps en Russie, poursuivant toujours l'écriture de la suite des *Âmes mortes*.

Pendant les dix dernières années de sa vie, il est de plus en plus mystique. Très dépressif, il brûle le manuscrit de la suite des *Âmes mortes*, puis se laisse mourir de faim en 1852.

| | 1804 | 1815 | 1825 | | 1848 | 1852 |
|---|---|---|---|---|---|---|
| **HISTOIRE** | Napoléon devient Empereur des Français | Chute de Napoléon | Le tsar Nicolas Ier succède à Alexandre Ier | | Fin de la Royauté en France | Début du Second Empire en France |
| | 1809 | 1818 | 1836 | 1837 | 1842 | 1852 |
| **TÉRATURE** | Naissance de Gogol | Naissance de Tourgueniev | Publication du *Nez* de Gogol | Mort de Pouchkine | Publication des *Âmes mortes* de Gogol | Mort de Gogol |

# Apparitions

## Qui sont les personnages ?

**LE NARRATEUR***

Il est attiré par le mystère et la nouveauté.
Même si la crainte l'envahit parfois, son goût pour
les voyages l'emporte sur ses appréhensions.

**ELLIS**

La femme-oiseau-fantôme dit au narrateur qu'elle l'aime. Elle devine ses pensées et se
montre parfois jalouse. Elle demeure très énigmatique et ne répond jamais aux questions
qu'il lui pose. Celle qui apparaît de façon très fugace comme « une femme charmante »
est-elle un diable, une sylphide ou un vampire ?

## Quelle est l'histoire ?

Le narrateur voit dans son sommeil une femme blanche et transparente qui lui donne
un rendez-vous sous un vieux chêne pour la nuit suivante. La scène se reproduit chaque nuit.

Il se décide enfin à se rendre au lieu
du rendez-vous. La femme spectrale
survient, le prend dans ses bras
et le soulève dans les airs. Elle se nomme
Ellis.

Ils voyagent ainsi enlacés dans les airs
à travers l'Europe plusieurs nuits
de suite, au plus grand étonnement
du narrateur qui passe tour à tour
par l'émerveillement et la terreur. Mais
une nuée s'approche : c'est la mort...

# Tourgueniev et son époque

## Tourgueniev (1818-1883)

### ● UN ESPRIT AVIDE DE JUSTICE...

Ivan Serguéiévitch Tourgueniev est né en 1818 au sud de Moscou, de famille noble. Il reçoit une très bonne éducation et apprend le français, l'anglais, l'allemand, le latin et le grec. Il se rend compte très tôt que l'homme est responsable de beaucoup d'injustices.

Il rencontre Gogol en 1834 et Pouchkine en 1837. Il part poursuivre ses études à Berlin en 1838 et voyage en Europe pendant trois ans.

À partir de 1844, ses idées progressistes condamnent ses œuvres à être censurées en Russie. Il vient en France en 1847. Il peut y publier plus librement des textes dans lesquels il affirme ses idées contre l'injustice, contre le servage, qui sera aboli en 1861.

En 1850 cependant, il rentre en Russie comme Nicolas Ier l'exige de tous les russes expatriés.

### ● ...TOURNÉ VERS LA FRANCE

En 1857, il est de retour à Paris. En 1860, il écrit *Premier amour*. Il publie beaucoup en France, peu en Russie. Il est plus occidentaliste que slavophile, c'est-à-dire qu'il est favorable au cosmopolitisme et non replié sur la tradition russe ; c'est ce qui l'amène à composer son récit fantastique *Apparitions*, publié en 1866 dans la *Revue des deux mondes*. Il est ami avec Gustave Flaubert, rencontre Zola, Daudet, Jules Verne... Il se fait construire une « datcha » dans les environs de Paris, à Bougival. Il tombe malade en 1880 et meurt dans sa datcha, en 1883. Il est inhumé à Saint-Pétersbourg.

| | 1815 | 1825 | 1830 | 1848 | 1852 | 1855 | 1870-1871 |
|---|---|---|---|---|---|---|---|
| **HISTOIRE** | Chute de Napoléon | Le tsar Nicolas Ier succède à Alexandre Ier | Louis Philippe, roi des Français | Fin de la Royauté en France | Début du Second Empire en France | Avènement du tsar Alexandre II | Guerre entre la France et la Prusse |

| | 1818 | 1827 | 1837 | 1847 | 1851 | 1857 | 1883 |
|---|---|---|---|---|---|---|---|
| **TÉRATURE** | Naissance de Tourgueniev | Tourgueniev s'installe à Moscou | Mort de Pouchkine | Tourgueniev vient en France | Exil de Victor Hugo à Jersey | Baudelaire publie *Les Fleurs du mal* | Mort de Tourgueniev |

# *Le Nez*
## et autres nouvelles russes

# Le Marchand de cercueils

❧

> Chaque jour apporte son lot de cercueils
> Et de cheveux blancs au monde vieillissant.
> Gavriil Derjavine●

Les derniers effets[1] d'Adrian Prokhorov, marchand de cercueils de son état, venaient d'être chargés sur le corbillard. Pour la quatrième fois, le maigre attelage se traînait de la rue Basmanaïa à la rue Nikitskaïa[2], où notre marchand faisait emménager
5 toute sa maisonnée. Avant de rejoindre sa nouvelle demeure, il avait fermé l'ancienne et fixé sur la porte une pancarte indiquant « à vendre ou à louer ». En s'approchant de la petite maison jaune qu'il convoitait depuis si longtemps et qu'il avait enfin achetée pour une somme considérable, le vieux marchand de cercueils
10 fut étonné de ne pas se sentir plus heureux que ça. Lorsqu'il eut franchi le seuil et trouvé le nouvel intérieur sens dessus dessous, il regretta sa vieille masure où l'ordre le plus strict avait régné pendant dix-huit ans. Il réprimanda ses deux filles et sa domestique pour leur lenteur puis se mit lui-même à l'ouvrage. Les
15 choses furent vite rangées. L'armoire à icônes[3], le vaisselier, la table, le divan et le lit furent installés dans les coins dédiés de la pièce attenante. Dans la cuisine et le salon, on installa les affaires du maître de maison : des cercueils de différentes couleurs et de différentes tailles, des armoires contenant des couvre-chefs,

---

1. **Les effets** : les affaires.
2. **Basmanaïa, Nikitskaïa** : ce sont des rues de Moscou.
3. **Icône** : image pieuse du Christ, de la Vierge et des saints dans les Églises orthodoxes.

● Gavriil Derjavine (1743-1816), poète et homme politique russe, fit par ses poèmes la gloire de Catherine II de Russie.

20 des manteaux et des torches funéraires●. Au-dessus de la porte
d'entrée, on avait accroché une enseigne représentant un Cupidon[1] replet[2] avec une torche renversée dans les mains et portant
la mention : *Vente et capitonnage[3] de cercueils, simples ou décorés,
location et restauration.* Puis les filles filèrent dans leur chambre,
25 Adrian fit le tour de sa maison, s'installa près de la fenêtre et
ordonna qu'on prépare le thé.

Le lecteur cultivé n'ignore pas que Shakespeare et Walter Scott●
ont tous deux mis en scène des fossoyeurs[4] enjoués et blagueurs,
afin que le contraste entre leur caractère et leur profession frappe
30 notre imagination. Par respect pour la vérité, nous ne pouvons pas
suivre leur exemple et sommes obligés d'avouer que le tempéra-
ment de notre marchand de cercueils était en parfait accord avec
son lugubre métier. Adrian Prokhorov était d'ordinaire morose
et pensif. Il ne rompait le silence que pour sermonner[5] ses filles
35 lorsqu'il les trouvait inactives ou pendues à la fenêtre à regarder
les passants, ou bien pour demander un prix exorbitant à ceux qui
avaient le malheur (parfois le plaisir) d'avoir besoin de ses services.
Adrian était donc assis près de la fenêtre et buvait sa septième
tasse de thé, plongé, comme d'habitude, dans de tristes pensées. Il
40 méditait sur la pluie torrentielle qui s'était mise à tomber lors des
funérailles d'un colonel retraité, une semaine plus tôt. Plusieurs
manteaux avaient rétréci, plusieurs couvre-chefs s'étaient défor-
més. Il prévoyait des frais inévitables car son antique réserve de
costumes de deuil lui était revenue en piteux état mais il espérait

---

1. **Cupidon** : dieu de l'amour dans la mythologie antique.
2. **Replet** : grassouillet.
3. **Capitonnage** : habillage intérieur du cercueil.
4. **Fossoyeur** : celui qui creuse les fosses pour enterrer les morts.
5. **Sermonner** : gronder.

● Il s'agit de tout le matériel
nécessaire pour les enterrements.

● William Shakespeare
(1564-1616) est un poète
et dramaturge anglais. Walter
Scott (1771-1832) est un écrivain
écossais.

45 cependant pouvoir récupérer ses pertes sur la femme d'un marchand, la vieille Trioukhina, qui était sur le point de mourir depuis près d'un an déjà. Mais cette Trioukhina vivait près de Razgouliaï[1] et Prokhorov craignait que ses successeurs, malgré leurs promesses, ne prennent pas la peine de l'envoyer chercher si loin et 50 ne fassent affaire avec un entrepreneur plus proche.

Ses réflexions furent interrompues inopinément par trois coups frappés à la porte, à la manière des francs-maçons●.

– Qui est là ? demanda notre marchand de cercueils.

La porte s'ouvrit, un homme entra dans la pièce – on voyait 55 tout de suite à son apparence qu'il s'agissait d'un artisan allemand – il s'approcha du marchand, le visage souriant.

– Je vous prie de bien vouloir m'excuser de vous déranger, aimable voisin, dit-il dans un russe qui fait encore rire aujourd'hui, mais je souhaitais faire votre connaissance au plus tôt. Je suis cordonnier, mon nom est Gotlieb Schultz et j'habite en face de chez 60 vous, dans cette petite maison qui se trouve devant vos fenêtres. Demain je fête mes noces d'argent● et vous prie, ainsi que vos filles, de bien vouloir déjeuner chez moi en toute amitié.

L'invitation fut accueillie favorablement par le marchand de 65 cercueils qui proposa au cordonnier de s'asseoir et « d'avaler » une tasse de thé. Grâce au franc-parler de Gotlieb Schultz, la discussion prit rapidement un ton amical.

---

1. **Razgouliaï** : place de Moscou, célèbre pour ses estaminets.

● La Franc-maçonnerie est une association fraternelle en partie secrète. Ses membres ont, entre eux, certains signes de reconnaissance dont les trois coups frappés à la porte.

● Les noces d'argent se fêtent après 25 ans de mariage.

– Comment vont les affaires de Monsieur ? demanda Adrian.

– Hé ! Hé ! répondit Schultz, ça dépend des jours... mais je ne
me plains pas, bien que mes produits n'aient rien à voir avec les
vôtres : un vivant peut bien se passer de souliers alors qu'un mort
ne vivra pas sans cercueil !

– Ce n'est que trop vrai ! remarqua Adrian. Si un vivant n'a pas
de quoi se payer des souliers, il marchera pieds nus, tandis qu'un
mort sans le sou aura son cercueil gratis !

La conversation continua ainsi encore un moment, puis le cordonnier se leva enfin et prit congé du marchand de cercueils en
renouvelant son invitation.

Le lendemain, à midi précis, le marchand et ses filles sortirent
par le portail de leur nouvelle maison et se rendirent chez leur
voisin. Je ne m'étendrai pas sur le pardessus russe d'Adrian Prokhorov ni sur les tenues européennes d'Akoulina et de Daria,
tout à fait différentes de celles qu'ont l'habitude de choisir les
romanciers actuels. Je pense qu'il n'est pas superflu d'ajouter,
cependant, que les deux jeunes demoiselles avaient coiffé des
chapeaux de couleur jaune et chaussé des souliers de couleur
rouge, ce qu'elles ne faisaient que dans les grandes occasions.

Le petit appartement du cordonnier était rempli d'invités, des
artisans allemands pour la plupart, venus avec leurs femmes et
leurs apprentis. Parmi les fonctionnaires russes on trouvait un
sergent de ville, Yourko le Finnois, qui avait su gagner, malgré
son modeste grade, les faveurs toutes particulières du maître de
maison car il avait servi de façon honnête et désintéressée pendant vingt-cinq ans, comme le facteur de Pogorelskij[1]. L'incendie

---

1. **Pogorelskij** : personnage d'un roman d'Anton Pogorelskij,
   écrivain contemporain de Pouchkine.

95 qui avait anéanti Moscou● en 1812 avait également détruit sa
guérite jaune de fonction. Mais l'ennemi avait été neutralisé sur
le champ, une nouvelle guérite était aussitôt apparue, grise avec
des colonnes blanches dignes de l'ordre dorique[1], et Yourko en
avait fait le tour *armé d'une hache et vêtu d'un caftan qui lui servait*
100 *d'armure*●. Il connaissait la plupart des Allemands qui vivaient
à Nikitskaïa, certains d'entre eux avaient même déjà eu l'occasion de passer la nuit du dimanche au lundi chez lui. Adrian fit
aussitôt connaissance avec ce Yourko – car on ne sait jamais ce
qui peut arriver tôt ou tard à ce genre de personne – et lorsque
105 les invités se mirent à table, ils s'assirent côte à côte. Monsieur
et Madame Schultz, ainsi que Lotchen, leur fille de dix-sept
ans, mangeaient avec les convives, leur proposaient les plats et
aidaient la cuisinière à les servir. La bière coulait à flots, Yourko
mangeait pour quatre, Adrian n'était pas en reste, et ses filles fai-
110 saient des manières pour que Yourko les remarque. D'heure en
heure, la conversation en langue allemande devenait de plus en
plus bruyante. Le maître de maison demanda soudain le silence,
déboucha une bouteille scellée et déclara en russe à voix haute :
– À la santé de ma tendre Louise !
115 Le vin mousseux jaillit. Monsieur Schultz embrassa tendrement le visage plein de fraîcheur de son épouse, qui avait une
quarantaine d'années, et les invités trinquèrent bruyamment à la
santé de la tendre Louise.

---

1. **Ordre dorique** : un des systèmes architecturaux
de l'Antiquité grecque visant à l'harmonie des constructions.

● En septembre 1812, Napoléon
s'est emparé de Moscou.
Les Russes incendient leur ville
pour priver l'armée française
de tout. Les neuf-dixièmes
de Moscou sont détruits.

● Vers tiré de *Dura Pakhomovna*
d'Alexandre Izmaïlov, poète
russe (1779-1831). *(N.d.T.)*

– À la santé de mes bons invités ! s'exclama-t-il encore en
120 débouchant une deuxième bouteille pour ses hôtes, qui le remer-
cièrent en vidant à nouveau leurs verres.

À partir de ce moment, les toasts se suivirent : on but à la santé
de chacun des invités, à la santé de Moscou et d'une douzaine
de villes allemandes, à la santé de tous les corps de métier en
125 général et de chacun en particulier, à la santé des artisans et de
leurs apprentis. Adrian buvait avec enthousiasme et se retrouva
de si bonne humeur qu'il porta lui-même un toast amusant. Puis
soudain, l'un des invités, un boulanger ventru, leva son verre et
s'exclama :

130 – À la santé de ceux pour qui nous travaillons, unserer Kundleute[1] !

Comme les précédents, ce toast fut accueilli avec joie par
tous les commensaux[2], qui trinquèrent à la santé des uns et des
autres : le tailleur à celle du cordonnier, le cordonnier à celle du
135 tailleur, les deux boulangers trinquèrent entre eux, tous trinquèrent à la santé des boulangers, et ainsi de suite. Au milieu de
ces échanges, Yourko s'adressa à son voisin en s'écriant :

– Eh bien ! Bois donc, petit père, à la santé de tes trépassés !

Tout le monde pouffa mais le marchand de cercueils se vexa et
140 fit grise mine. Personne ne s'en aperçut et on continua à trinquer
jusqu'à l'heure des vêpres[3].

Lorsque les invités se séparèrent, la plupart d'entre eux étaient
bien éméchés[4]. Le boulanger ventru et le relieur, dont le visage
semblait relié avec une peau de maroquin[5] rouge, ramenèrent

---

1. *Unserer Kundleute :* Nos clients, en allemand (N.d.T.).
2. **Commensal :** personne qui mange à la même table qu'une autre.
3. **Vêpres :** messe célébrée en fin de journée.
4. **Éméchés :** ivres.
5. **Maroquin :** peau de chèvre tannée et teintée.

145 Yourko chez lui en le soutenant, « à charge de revanche ». Le marchand de cercueils, quant à lui, rentra ivre et fâché.

— Qu'est-ce que cela veut dire en réalité ? pensait-il tout haut. Mon travail est-il moins honorable que celui des autres ? Le marchand de cercueils est-il l'ami du bourreau ? De qui se moquent 150 ces mécréants ? Le marchand de cercueils serait-il le bouffon de service ? Moi qui voulais les inviter à pendre la crémaillère et leur préparer un beau festin ! On ne m'y prendra pas ! J'inviterai ceux pour qui je travaille : ceux qui sont morts dans le culte orthodoxe.

— Qu'est-ce que tu racontes comme bêtises, petit père ? ! lui 155 dit la domestique qui était en train de le déchausser. Signe-toi[1] donc ! Inviter les morts à une crémaillère ! Quelle horreur !

— Je te jure que je les invite, continua Adrian, qu'ils viennent demain. Soyez les bienvenus, mes bienfaiteurs ! Demain, nous allons faire bombance[2], c'est moi qui régale !

160 Sur ces mots, le marchand de cercueils fila se coucher et ne tarda pas à ronfler.

Il faisait encore nuit lorsqu'on vint le réveiller. Trioukhina était morte dans la nuit et son commis était venu l'informer au grand galop. Le marchand de cercueils le remercia et lui donna 165 une pièce de dix kopecks pour qu'il s'achète de la vodka, puis il s'habilla rapidement, prit son cocher avec lui et partit en direction de Razgouliaï. La police se trouvait déjà devant la maison de Trioukhina, ainsi que des marchands qui arpentaient le trottoir comme des corbeaux qui ont senti la mort. La défunte était allon-170 gée sur la table, son visage était jaune comme la cire mais n'avait pas encore commencé à se décomposer. Les proches, les voisins et les domestiques se pressaient autour d'elle. Toutes les fenêtres

---

1 **Se signer** : faire le signe de la croix de Jésus Christ, pour marquer sa piété.
2. **Faire bombance** : manger beaucoup.

Enterrement d'un enfant russe. Lithographie de Victor Prévost d'après une peinture de Petit, 1853. Berlin, coll. Archiv f Kunst & Geschichte.

étaient ouvertes, les bougies étaient allumées, les popes[1] réci-
taient des prières. Adrian s'approcha du neveu de Trioukhina,
175 un jeune marchand vêtu d'un pardessus à la mode, pour lui dire
que le cercueil, les chandelles, le drap funéraire et les autres
articles nécessaires lui seraient apportés sans tarder et que tout
était en très bon état. Le neveu le remercia d'un air absent en
lui disant qu'il ne marchanderait pas et qu'il s'en remettait à sa
180 bonne conscience. Comme d'habitude, le marchand de cercueils
jura qu'il ne prendrait pas un sou de trop. Il échangea un regard
suggestif avec le commis puis partit se mettre au travail. Il passa
la journée à faire des allers-retours entre Razgouliaï et Nikitskaïa,
arrangea tout avant la tombée de la nuit, libéra son cocher et ren-
185 tra chez lui à pied. C'était une nuit de pleine lune. Le marchand
de cercueils arriva sans heurt à Nikitskaïa. Près de l'église Voz-
nessenie, Yourko, que nous connaissons déjà, l'interpella, puis
lorsqu'il le reconnut, lui souhaita une bonne nuit. Il était tard. Le
marchand de cercueils était presque devant chez lui lorsqu'il lui
190 sembla apercevoir une ombre s'approcher de sa porte, l'ouvrir et
se cacher derrière.

« Qu'est-ce que c'est que ça ? » pensa Adrian. Qui a encore
besoin de mes services ? Est-ce qu'un voleur serait rentré chez
moi ? Ou bien l'amant de l'une de mes sottes de filles ? Il ne
195 manquerait plus que ça ! »

Adrian pensait appeler son ami Yourko à la rescousse mais
il remarqua qu'une seconde silhouette s'approchait de la porte.
Lorsqu'elle vit le maître de maison courir à sa rencontre, elle
s'arrêta et ôta son tricorne. Adrian avait l'impression d'avoir déjà
200 vu son visage, mais dans l'empressement il n'eut pas le temps
de vérifier.

---

1. **Pope** : prêtre dans la religion orthodoxe.

– Vous êtes venu me rendre visite ? demanda Adrian essoufflé. Entrez ! Soyez le bienvenu.

– Pas de cérémonie, petit père ! lui répondit l'autre sourde-
205 ment. Passe devant, montre le chemin à tes invités !

Adrian n'avait pas le temps de faire des cérémonies. La porte était ouverte, il prit l'escalier et l'autre le suivit. Il lui semblait cependant que des gens allaient et venaient à l'intérieur de sa maison.

210 « C'est une vraie diablerie ! » pensa-t-il.

Il se hâta d'entrer et... ses jambes se mirent alors à flageoler. La pièce était remplie de morts vivants. Par la fenêtre, le clair de lune éclairait leurs visages jaunes et bleus, leurs bouches creusées, leurs yeux troubles à moitié fermés et leurs nez proémi-
215 nents... Parmi eux, Adrian reconnut avec effroi certains de ceux qu'il avait enterrés avec soin, comme le premier entré : c'était ce colonel dont les funérailles avaient eu lieu le fameux jour où il avait tant plu. Tous les morts se tenaient en cercle autour du marchand de cercueils, lui faisaient des révérences et des salutations,
220 sauf un pauvre homme enterré récemment à titre gracieux[1], qui avait honte de ses haillons et restait sagement dans le coin sans s'approcher. Les autres étaient décemment habillés, les défuntes portaient des coiffes et des rubans, les fonctionnaires étaient en costume – mais avec la barbe – les marchands en caftan[2] des
225 grands jours.

– Tu vois, Prokhorov, dit le colonel au nom de toute cette honorable compagnie, nous nous sommes tous levés pour répondre à ton invitation. Seuls n'ont pas bougé ceux qui étaient vraiment dans l'incapacité de le faire, ceux qui sont complètement délabrés, qui

1. **À titre gracieux** : gratuitement.
2. **Caftan** : manteau long, avec ou sans manches.

230 n'ont plus que les os sans la peau. Mais l'un d'entre eux a quand même voulu être là, il n'a pas résisté à l'envie de venir chez toi...

À ce moment-là, un petit squelette se faufila à travers le groupe et s'approcha d'Adrian. Sa mâchoire souriait tendrement au marchand de cercueils. Des bouts de drap vert et rouge et des

235 morceaux de toile déchirés pendaient sur lui, éparpillés, comme sur un mât de bateau, les os de ses jambes claquaient dans ses grandes bottes, comme un pilon dans un mortier.

— Tu ne me reconnais pas, Prokhorov ! dit le squelette. Souviens-toi du sergent de la garde en retraite Piotr Pétrovitch Kourilkine !

240 Celui-là même à qui tu as vendu ton premier cercueil en pin pour un cercueil en chêne, en 1799 !

À ces mots, le mort lui tendit ses bras osseux. Adrian réunit ses esprits, puis cria et le repoussa. Piotr Pétrovitch vacilla, tomba et se brisa en mille morceaux. Une rumeur de mécontentement

245 s'éleva alors d'entre les morts. Ils voulurent défendre l'honneur de leur camarade, s'approchèrent d'Adrian en proférant jurons et menaces et le pauvre maître de maison, assourdi par leurs cris et presque étouffé, perdit son sang-froid, tomba sur les os brisés du sergent de la garde en retraite et s'évanouit.

250 Le soleil éclairait depuis longtemps déjà le lit sur lequel dormait le marchand de cercueils. Il ouvrit enfin les yeux et vit devant lui sa domestique, qui soufflait sur les braises du samovar[1]. Adrian se souvint avec horreur de tous les événements de la veille. Des images troubles de Trioukhina, du colonel et du ser-

255 gent Kourilkine lui vinrent à l'esprit. Il attendait en silence que la domestique entame la conversation et l'informe des suites de ses aventures nocturnes.

---

1. **Samovar** : grosse bouilloire en cuivre, chauffée par en dessous, entretenant toute la journée l'eau chaude pour le thé.

– Comment as-tu dormi, petit père, Adrian Prokhorovitch ? dit
Axinia en lui tendant sa robe de chambre. Ton voisin le tailleur
260 est passé et le sergent du quartier est venu prévenir que c'est
aujourd'hui la fête du commissaire, mais comme tu te reposais,
on n'a pas voulu te réveiller pour ça.

– Est-ce que quelqu'un est venu pour la défunte, Trioukhina ?

– Comment ça ? Elle est morte ?

265 – Idiote ! N'est-ce pas toi hier qui m'as aidé à préparer son
enterrement ?

– Qu'est-ce tu racontes, petit père ? Tu perdrais pas la boule par
hasard ? ! T'as pas encore dessaoulé de la veille ! De quel enterrement tu parles ? Hier, tu as passé la journée à faire la fête chez
270 l'Allemand, tu t'es traîné jusqu'ici saoul comme un cochon, tu
t'es jeté sur ton lit et tu as dormi jusqu'à maintenant, que l'heure
de la messe est passée !

– Ah bon ? ! dit le marchand de cercueils, tout content.

– Et que oui ! lui répondit la domestique.

275 – Dans ce cas, sers-moi vite le thé et appelle mes filles !

# Le Nez

❧

## I

Le 25 mars, Saint-Pétersbourg● fut le théâtre d'un événement des plus étranges. Le barbier Ivan Iakovlévitch● (on a perdu son nom de famille, quant à son enseigne « On pratique la saignée », qui montrait un homme au visage savonné, elle n'indiquait rien
5 de plus). Le barbier Ivan Iakovlévitch donc, qui habitait sur la perspective¹ Voznessenski, s'éveilla assez tôt ce jour-là et renifla l'odeur du pain chaud. Il se redressa légèrement sur son lit et vit son épouse, une femme plutôt respectable qui aimait beaucoup le café, sortir du four des petits pains tout juste cuits.

10 — Praskovia Ossipovna, aujourd'hui je ne boirai pas de café, dit Ivan Iakovlévitch, je mangerai à la place un pain chaud avec de l'oignon.

(En réalité, Ivan Iakovlévitch aurait bien voulu l'un et l'autre, mais il savait qu'il était absolument impossible de demander
15 deux choses à la fois à Praskovia Ossipovna, qui n'aimait pas du tout ce genre de fantaisies.) « Je préfère encore que cet idiot mange du pain, pensa-t-elle, il restera une tasse de café en plus. » Et elle jeta un pain sur la table.

---

1. **Perspective** : grande avenue en ligne droite.

● Fondée en 1703, à l'embouchure de la Neva, par le tsar Pierre le Grand, Saint-Pétersbourg (nommée Leningrad, en hommage à Lénine, pendant la période soviétique au XXᵉ siècle) fut de 1712 à 1922 la capitale de la Russie.

● Les Russes ont l'habitude de se nommer par leur prénom suivi de leur patronyme, c'est-à-dire du prénom de leur père, dérivé avec un suffixe signifiant fils de (-ovitch/evitch) ou fille de (-ovna/ evna)...

Pour paraître comme il faut, Ivan Iakovlévitch revêtit son habit
20 par-dessus sa chemise et se mit à table. Il versa du sel, prépara
deux têtes d'oignon, attrapa le couteau, se munit de surcroît[1]
d'un air grave et entama le pain. Une fois qu'il l'eut coupé en
deux, il regarda entre les morceaux et s'étonna de voir quelque
chose de blanc au milieu. Il enfonça alors précautionneusement
25 le couteau puis les doigts.

« Il y a là quelque chose d'épais ! se dit-il, qu'est-ce que c'est
donc que ça ? »

Il plongea la main et en sortit… un nez !… Les bras lui en tombèrent ; il se frotta les yeux et toucha encore : un nez, c'était bien
30 un nez ! En plus, il avait l'impression de le connaître. Le visage
d'Ivan Iakovlévitch se remplit d'effroi, un effroi de petite enver-
gure, comparé à l'indignation qui s'empara de son épouse.

– Mais qu'est-ce qui t'a pris, sauvage, d'aller couper un nez ?
vociféra[2]-t-elle. Canaille ! Ivrogne ! Je vais aller chercher la police
35 moi-même, tiens ! En voilà un bandit ! Et d'ailleurs, j'ai entendu
dire par trois personnes que tu tirais tellement le nez des gens
que tu rasais qu'ils avaient du mal à rester à leur place.

Ivan Iakovlévitch était comme mort. Il avait reconnu ce nez.
C'était celui de l'assesseur de collège[3] Kovaliov – rien que ça –
40 qu'il rasait tous les mercredis et dimanches.

– Attends, Praskovia Ossipovna ! Je vais le poser dans un coin,
enroulé dans un chiffon : on va le laisser là un moment et puis je
l'emmènerai ailleurs.

---

1. **De surcroît** : en plus.
2. **Vociférer** : parler avec colère en criant.
3. **Assesseur de collège** : chargé de veiller sur les lois. C'est le 8ᵉ grade (sur 14) dans
   la hiérarchie des fonctions, créée par Pierre le Grand en 1722. Les *collèges* sont
   les équivalents de nos *ministères*.

— Pas question ! Que j'accepte qu'un bout de nez traîne chez
45 moi ?... Vieux croûton ! Il n'est bon à rien d'autre qu'à passer
la lame sur le cuir, et bientôt même ça, il ne saura pas le faire !
Débauché, vaurien ! Que je réponde de toi devant la police ?...
Barbouilleur, crétin borné ! Sors-moi ça d'ici ! Ouste ! Emmène-le
où tu voudras ! Je ne veux plus en entendre parler !

50 Ivan Iakovlévitch restait immobile, complètement anéanti. Il
avait beau réfléchir, il ne savait pas quoi penser.

— Comment une chose pareille a pu arriver ? dit-il enfin, en
passant sa main derrière son oreille. Est-ce que je suis rentré
saoul hier soir ? J'en ai pas le moindre souvenir. Faut croire que
55 c'est pas normal puisque le pain est cuit et le nez pas du tout. Je
n'y comprends rien !...

Ivan Iakovlévitch se tut. La seule pensée que la police allait
venir chercher le nez chez lui et l'accuser le paralysait. Il lui semblait déjà voir le col rouge joliment brodé d'argent et l'épée de
60 l'officier de police... Il en tremblait de tout son corps. Il attrapa
enfin son pantalon et ses bottes, enfila ces vieilleries, enveloppa
le nez dans un chiffon et sortit, poursuivi par les vociférations de
Praskovia Ossipovna.

Il aurait voulu le fourrer quelque part, ce nez, sous une porte
65 cochère par exemple, ou bien le laisser tomber par inadvertance
et puis tourner dans une ruelle. Comble de malchance, il tomba
sur quelqu'un qu'il connaissait, qui ne tarda pas à le question-
ner : « Où vas-tu ? », « Qui vas-tu raser de si bonne heure ? »,
si bien qu'il n'arrivait pas à trouver la minute propice. Quand il
70 réussit enfin à lâcher le nez par terre, un garde-barrière pointa de
loin sa hallebarde[1] vers lui en criant : « Ramasse ce que tu viens
de faire tomber ! » Ivan Iakovlévitch ramassa le nez et le fourra

---

1. **Hallebarde** : sorte de lance avec un fer de hache.

dans sa poche, pris de désespoir, car les gens commençaient à affluer dans les rues et les magasins à ouvrir leurs portes.

75 Il décida d'aller jusqu'au pont Saint-Isaac. Peut-être arriverait-il à jeter ce bout de nez dans la Neva[1] ?... Mais le lecteur m'excusera de n'avoir pas encore écrit quelques mots sur Ivan Iakovlévitch, un homme respectable à bien des égards.

Comme tous les artisans russes dignes de ce nom, Ivan Iakov-
80 lévitch était un affreux ivrogne. Même si chaque jour, il rasait la barbe des uns et des autres, la sienne restait toujours poilue. Son habit (car il ne portait jamais de redingote) couleur pie – plus précisément noir pommelé de taches jaune foncé et grises – avait le col lustré[2] et des fils pendaient à la place des trois boutons. Ivan
85 Iakovlévitch était un homme très insolent. Lorsque l'assesseur de collège Kovaliov lui disait, comme à chaque fois qu'Ivan Iakovlévitch le rasait, que ses mains sentaient invariablement mauvais, Ivan Iakovlévitch lui répondait tout aussi invariablement :

– Et pourquoi sentiraient-elles mauvais ?

90 Et Kovaliov concluait :

– Je n'en sais rien, mon bon, mais c'est un fait.

Ivan Iakovlévitch prisait[3] alors un peu de tabac puis lui mettait du savon sur les joues, sous le nez, derrière les oreilles et sous la barbe, en un mot, où bon lui semblait.

95 Mais notre respectable citoyen était déjà arrivé sur le pont Saint-Isaac. Après un bref coup d'œil alentour, il se pencha au-dessus de la balustrade comme pour regarder s'il y avait des poissons dans l'eau, puis il jeta tout doucement le chiffon avec le nez. Il se sentit soudain très léger et esquissa même un sourire.

1. **Neva** : large fleuve traversant Saint-Pétersbourg et se jetant dans le golfe de Finlande.
2. **Lustré** : rendu brillant par l'usure.
3. **Priser** : aspirer du tabac par le nez.

100 Au lieu d'aller raser le menton des fonctionnaires, il prit la direction d'un établissement flanqué de l'enseigne *Plats du jour et boissons chaudes* pour demander un verre de punch. Mais soudain, à l'autre bout du pont, il aperçut l'inspecteur de police du quartier, un homme bien mis, portant de larges favoris[1], coiffé d'un tri-
105 corne et armé d'une épée. Ivan Iakovlévitch resta figé●, tandis que l'autre lui faisait signe d'approcher :

– Viens un peu ici, mon cher !

Ivan Iakovlévitch, qui connaissait les bonnes manières, ôta sa casquette à distance, s'approcha rapidement de lui et répondit :
110 – Mes respects, votre Excellence !

– Non, non, mon bon ! Pas d'Excellence qui tienne ; dis-moi plutôt ce que tu faisais sur le pont ?

– J'étais en chemin pour aller raser mes clients et puis j'ai voulu regarder le cours du fleuve, je le jure, Monsieur.
115 – Menteur ! Tu ne t'en tireras pas comme ça. Allons, réponds !

– Je suis prêt à raser votre Grâce deux ou trois fois par semaine sans rien en retour, répondit Ivan Iakovlévitch.

– Non, mon ami, pas de bla-bla ! J'ai déjà trois barbiers qui voient leur tâche comme un grand honneur. Alors je te prie de
120 me raconter ce que tu faisais là-bas.

Ivan Iakovlévitch blêmit… Mais, chose étrange, les faits se recouvrent à ce moment-là d'un épais brouillard et l'on ne sait absolument pas ce qui s'est passé ensuite.

---

1. **Favoris** : touffes de barbes de chaque côté du visage.

● Le barbier se sent comme
: un voleur pris la main dans le sac.

## II

L'assesseur de collège Kovaliov se réveilla d'assez bonne heure en
125 faisant « brrr... », comme à son habitude, sans raison particulière.
Il s'étira et demanda qu'on lui apporte le miroir posé sur la table
pour jeter un œil au petit bouton apparu sur son nez la veille au
soir. D'abord étonné, Kovaliov constata qu'à la place de son nez
s'étalait une surface tout à fait lisse ! Effrayé, il demanda de l'eau
130 et se frotta les yeux : il n'avait plus de nez pour de bon ! Il se pinça
pour vérifier qu'il était bien réveillé puis sauta du lit, se secoua :
pas de nez !... Il demanda sur le champ ses vêtements pour se
rendre directement chez le préfet de police.

N'allons pas plus loin sans dire quelques mots sur Kovaliov,
135 pour que le lecteur puisse comprendre quel genre d'assesseur
il était. Les assesseurs de collège sont de deux types : ceux qui
obtiennent leur grade avec leurs diplômes et les autres, auxquels ils sont absolument incomparables●. Que dire des assesseurs de collège diplômés ? La Russie est un si beau pays, qu'un
140 mot sur le compte d'un seul assesseur de collège suffit pour
que tous les autres, de Moscou à Vladivostok, prennent ce mot
pour eux. C'est d'ailleurs la même chose pour tous les grades et
rangs. Kovaliov était un assesseur de collège de second type, il
avait obtenu son grade deux ans plus tôt et ne s'en était toujours
145 pas remis. D'ailleurs, pour se donner de la noblesse et du poids,
il ne se déclarait jamais « assesseur de collège » mais toujours
« major ». « Écoute, ma belle, disait-il souvent, lorsqu'il croisait

● Gogol traitent avec ironie ceux qui obtiennent
un titre sans avoir fait d'études ni passé d'examens
mais seulement par le jeu de leurs relations
et de leur argent. Il dénonce une société où règne en
maître l'usage du « passe-droit » et des privilèges.

une vendeuse dans la rue, viens me voir à la maison, j'habite rue
Sadovaïa, tu n'as qu'à demander : *Est-ce bien ici que vit le major*
150 *Kovaliov ?* Tout le monde pourra te renseigner. » Si elle était
mignonne, il lui donnait également des instructions secrètes et
ajoutait : « Demande, mon joli cœur, l'appartement du major
Kovaliov ». C'est pour cette raison que nous appellerons désormais « major » notre « assesseur ».

155 Le major Kovaliov se promenait chaque jour sur la perspective
Nevski[1]. Le col de son plastron[2] était toujours très propre et amidonné, ses favoris étaient semblables à ceux que portent encore
les arpenteurs, les architectes, les médecins militaires, les fonctionnaires de police, et plus généralement, tous les hommes dans
160 la force de l'âge, au visage rond et aux pommettes vermeilles, qui
savent jouer au boston[3] : ces favoris-là arrivent jusqu'au milieu de
la joue et filent droit sur le nez. Le major portait également tout
un tas de médailles en cornaline[4] ornées d'armoiries ou des jours
de la semaine. Il était venu à Saint-Pétersbourg par besoin, plus
165 précisément pour rechercher un poste à la hauteur de son grade,
vice-gouverneur s'il avait de la chance, sinon administrateur au
sein d'une direction importante. Il n'était pas contre le mariage,
mais seulement si la fiancée présentait un capital de deux cent
mille roubles[5]. Le lecteur peut maintenant imaginer dans quel
170 état s'est retrouvé cet homme lorsqu'il a vu, à la place de son
nez, qui n'était ni laid ni disgracieux, une surface incongrue,
uniforme et lisse.

1. **La perspective Nevski** : principale avenue de Saint-Pétersbourg.
2. **Plastron** : morceau d'étoffe occupant le devant de la chemise.
3. **Boston** : jeu de cartes.
4. **Cornaline** : variété rouge d'agate, utilisée pour faire des bijoux.
5. **Roubles** : monnaie russe. Pour apprécier l'importance de la somme dont il est
question ici, il suffit de songer qu'un serf (homme sans terre) était vendu selon
les régions entre 10 et 120 roubles !

*Le Nez*, opéra de Chostakowitch Dimitri (1906-1975), d'après Gogol, 1927/28.
Première à Leningrad en 1930. Scène avec Édouard Akimov lors d'une représentation
de l'Opéra de Chambre de Moscou. Photo, 1977.

Une fois dans la rue, aucune voiture ne passait – pas de chance
encore – il dut marcher emmitouflé dans son pardessus, le visage
175 caché dans un mouchoir, comme s'il saignait du nez.

« J'ai dû avoir la berlue● ; ça n'est pas possible de perdre son
nez comme ça, c'est trop bête. » pensa-t-il et il entra d'un pas
décidé dans un salon de thé pour se regarder dans le miroir.

Heureusement, il n'y avait personne à l'intérieur sauf de
180 jeunes gens qui balayaient les salles et rangeaient les chaises ;
certains d'entre eux, les yeux encore pleins de sommeil, portaient
des petits pains chauds sur des plateaux ; les journaux de la veille,
tâchés de café, traînaient sur les tables.

– Dieu merci, il n'y a personne, dit-il, allons-y !
185 Il s'approcha timidement du miroir et regarda.

– Diable ! Quelle vilenie ! et il cracha en signe de colère. Si au
moins j'avais quelque chose à la place du nez, mais non, rien de
rien, il n'y a rien du tout !...

Il se mordit les lèvres de dépit, sortit du salon de thé et, contrai-
190 rement à ses habitudes, il ne regarda pas les passants et ne sourit
à personne. Puis soudain il se figea, médusé[1], une chose insensée se produisait devant ses yeux : un fiacre[2] venait de s'arrêter,
les portes s'étaient ouvertes, une silhouette courbée portant un
uniforme bondit hors du véhicule avant de monter les escaliers
195 au pas de course. L'effroi et la stupéfaction de Kovaliov étaient
à leur comble... il avait reconnu son propre nez ! Devant ce
spectacle pour le moins extraordinaire, tout sembla se brouiller
devant lui. Tremblant comme sous l'effet de la fièvre, il avait du
mal à tenir debout, mais décida d'attendre coûte que coûte le

1. **Médusé** : incapable de bouger comme celui qui dans
la mythologie antique croisait le regard d'une des Gorgones :
la Méduse.
2. **Fiacre** : voiture à cheval.

● Kovaliov pense être victime
: de son imagination.

retour de cette forme de nez dans le fiacre. Deux minutes plus tard, en effet, ce qui ressemblait à son nez ressortit. Son costume au grand col montant était cousu d'or, il portait un pantalon en daim et une épée sur la hanche. À sa coiffe, ornée d'un plumet, on comprenait qu'il était conseiller d'État[1]. Tout portait à croire qu'il allait rendre visite à quelqu'un. Il regarda des deux côtés, cria « En route ! » au cocher, prit place et partit.

Le pauvre Kovaliov faillit en perdre la tête. Il ne savait que penser d'une scène aussi étrange. Comment ce nez, qui hier encore était sur son visage, qui ne pouvait se déplacer ni à pied ni en voiture, se retrouvait en uniforme ! Il courut derrière le fiacre qui s'arrêta tout près, devant la cathédrale Saint-Isaac.

Il le rejoignit en toute hâte, se faufila à travers une enfilade de pauvres vieilles dont les visages étaient cachés sous des fichus percés de deux trous pour les yeux – dire qu'il s'était si souvent moqué d'elles ! – puis entra. Les fidèles étaient peu nombreux et se tenaient groupés près des portes d'entrée. Kovaliov n'avait vraiment pas la tête à prier et scrutait l'assistance pour y trouver son nez. Il le vit enfin, debout sur le côté, qui cachait entièrement son visage derrière son grand col et priait avec un air de profonde dévotion.

« Comment l'aborder ? pensa Kovaliov. Avec une tenue pareille, il doit être conseiller d'État. Diable ! Comment m'y prendre ? »

Il se mit à toussoter à côté de lui mais l'étrange personnage restait concentré et enchaînait les révérences.

– Monsieur... dit Kovaliov, en prenant son courage à deux mains, Monsieur...

– Que voulez-vous ? répondit l'autre qui s'était retourné vers lui.

1. **Conseiller d'État** : 5ᵉ grade dans la hiérarchie de l'administration russe.

– C'est étrange, Monsieur... il me semble que... vous devriez retourner à votre place. Voilà que je vous trouve ici, à l'église. Avouez que...

230 – Excusez-moi, je crains de ne pas comprendre ce que vous voulez dire... Expliquez-vous.

« Comment lui expliquer ? » pensa Kovaliov. Puis il réunit ses esprits et se lança :

– Bien évidemment, je suis... en tout cas, je suis major. Me 235 balader sans nez, vous êtes d'accord avec moi, ça ne se fait pas. Une vendeuse qui propose des oranges épluchées sur un pont peut bien se passer de son nez ; mais quand on vise... et quand on connaît des dames dans plusieurs maisons : Tchekhtareva, l'épouse d'un conseiller d'État et d'autres encore... Voyez vous- 240 même... je ne sais pas, Monsieur (le major Kovaliov haussa les épaules.) Excusez-moi mais... du point de vue des règles de devoir et d'honneur... vous comprendrez vous-même que...

– Je ne comprends décidément rien de rien, répondit l'autre, soyez plus clair.

245 – Monsieur... dit Kovaliov avec dignité, c'est plutôt moi qui ne vois pas où vous voulez en venir... Il semble pourtant que l'affaire soit tout à fait claire... Ou bien vous voulez... Mais enfin quoi, vous êtes mon nez, non de non !

Le drôle d'individu regardait le major et fronçait les sourcils.

250 – Vous faites erreur, Monsieur. Je suis moi-même. Il est impossible que nous ayons le moindre lien. À en juger par les boutons de votre tenue, vous devez être au service d'un autre département que le mien●.

Sur ces paroles, celui qui ressemblait à son nez se retourna et 255 continua à prier.

●  Les détails de l'uniforme indiquent à quel service
:  appartient celui qui le porte.

Kovaliov se sentit complètement dépassé, ne sachant que faire ni même que penser. À ce moment-là, il entendit le froissement d'une robe, qui lui fut agréable. Une femme d'âge mûr avançait, toute parée de dentelles, et avec elle une autre, toute fluette,
260 vêtue d'une robe blanche, qui tombait joliment sur sa taille fine, et coiffée d'un chapeau de paille, léger comme le vent. Un grand haïdouk[1] avec de larges favoris et douze cols fermait la marche et ouvrait sa tabatière.

Kovaliov s'approcha, sortit le col de batiste[2] de son plastron,
265 arrangea les médailles accrochées à sa chaîne en or et, tout sourire, s'intéressa à la dame délicate qui, comme une fleur de printemps, se penchait légèrement en portant à son front sa main laiteuse dont les doigts étaient presque diaphanes[3]. Le sourire de Kovaliov s'élargit plus encore lorsqu'il distingua sous le cha-
270 peau un menton arrondi, d'une blancheur éclatante, et un bout de joue qui avait la couleur de la première rose du printemps. Mais, lorsqu'il lui revint à l'esprit qu'à la place du nez, il n'avait plus rien du tout, il sursauta brusquement, comme s'il avait posé la main sur des braises, et versa quelques larmes. Il se tourna
275 pour dire clairement au monsieur en uniforme qu'il n'était pas un conseiller d'État mais plutôt un fripon et surtout rien de plus que son propre nez... Mais ce dernier avait déjà décampé, sans doute vers une autre visite.

Kovaliov était désespéré. Il rebroussa chemin, s'arrêta une
280 minute sous la colonnade, regarda soigneusement de tous les côtés, au cas où il apercevrait cet étrange nez. Il se souvenait très

1. **Haïdouk** : à l'origine, membre d'une milice hongroise qui gardait la frontière de la Hongrie contre les Turcs (xvᵉ-xvɪᵉ s.) ; ici, domestique (en livrée à la hongroise ou non) au xvɪɪɪᵉ et xɪxᵉ siècle en Europe. (N.d.T.)
2. **Batiste** : toile de lin très fine à armature serrée. (N.d.T.)
3. **Diaphane** : translucide, transparent.

bien de sa coiffe ornée d'un plumet et de son uniforme cousu de fils d'or, mais il n'avait pas fait attention à son manteau, ni à la couleur de son fiacre, ni à ses chevaux et n'avait pas vu s'il
285 était accompagné d'un laquais[1] et encore moins quelle livrée[2] il portait. Des tas de voitures filaient dans tous les sens et à toute vitesse, si bien qu'il était difficile de distinguer quoi que ce soit, et d'ailleurs même s'il en avait reconnu une, il n'aurait eu aucun moyen de l'arrêter. Le temps était magnifique, le soleil brillait et
290 la perspective Nevski était noire de monde. Une cascade fleurie de dames se déversait sur les trottoirs depuis le pont Politseïski jusqu'au pont Anitchkov. Et voilà qu'un conseiller de cour qu'il connaissait venait à sa rencontre. Puis un chef de bureau du Sénat, un grand ami à lui qui perdait systématiquement au bos-
295 ton quand il jouait le huit. Et encore un autre major, ou asses-seur, qui lui faisait signe d'approcher...

– Par tous les diables ! dit Kovaliov. Hep ! Cocher ! Emmène-moi directement chez le préfet !

Il s'installa dans la voiture et hurla : « Fonce ! »

300 – Le préfet est-il chez lui ? cria-t-il dès qu'il fut dans l'entrée.

– Point du tout, répondit le portier, il vient juste de partir.

– Zut et zut !

– Vous l'auriez trouvé chez lui si vous étiez arrivé une minute plus tôt, ajouta-t-il.

305 Il remonta dans le fiacre et cria d'une voix désespérée, sans enlever le mouchoir de son visage :

– Allons-y !

– Où ça ? dit le cocher.

---

1. **Laquais** : serviteur.
2. **Livrée** : vêtement que portaient les domestiques des grandes maisons et qui différait d'une maison à l'autre.

– Tout droit !

310 – Comment ça tout droit ? On est à un embranchement, alors on prend à gauche ou à droite ?

Cette question immobilisa Kovaliov et l'obligea encore à réfléchir. Dans sa situation, peut-être que le Conseil de l'ordre pourrait l'aider à trouver une solution, non pas parce qu'il était en 315 lien direct avec la police, mais parce que ses directives étaient toujours exécutées plus rapidement qu'ailleurs. Chercher satisfaction auprès de la direction dont ce soi-disant conseiller d'État avait déclaré dépendre aurait été absurde, parce que d'après ses réponses, il était clair qu'il faisait partie de ceux qui ne tiennent 320 rien pour sacré●. Il avait sans doute menti, comme lorsqu'il avait affirmé n'avoir jamais vu Kovaliov. Celui-ci allait ordonner qu'on le conduise au Conseil de l'ordre, mais il pensa que cette canaille, qui s'était conduit dès la première rencontre de façon si éhontée, pouvait profiter de tout ce temps pour trouver un moyen de 325 s'échapper et dans ce cas, se lancer dans des recherches devenait inutile et trop long. Il eut alors un éclair. Il décida de s'adresser à un journal et de faire publier une annonce qui décrirait de manière circonstanciée toutes les caractéristiques de ce malpropre. Toute personne qui le croiserait pourrait alors le lui 330 ramener immédiatement, ou au moins l'informer du lieu où il se trouvait. Décidé, le major ordonna au cocher de se rendre à la rédaction d'un grand journal et ne cessa pendant tout le trajet de lui donner des coups de poing dans le dos en criant : « Plus vite, gredin ! Plus vite, canaille ! » tandis que l'autre secouait légè-335 rement la tête en criant « Eh là ! Maître ! » et en resserrant les brides de son cheval dont la crinière était longue comme celle

●　Le nez est un personnage sans
:　foi ni loi, d'après Kovaliov.

d'un bichon[1]. La voiture arriva enfin à destination et Kovaliov se précipita, essoufflé, dans la petite pièce qui servait de réception. Assis derrière un bureau, un fonctionnaire grisonnant, portant

340 un vieux frac[2] et des lunettes, avait mis sa plume entre les lèvres et comptait la menue monnaie qu'on lui avait apportée.

– Qui s'occupe des petites annonces ici ? cria Kovaliov. C'est vous ? Bonjour !

– Bonjour Monsieur, dit le fonctionnaire, il leva les yeux un

345 instant puis les baissa à nouveau sur les tas de pièces éparpillés.

– Je voudrais faire imprimer une annonce...

– Je vous en prie. Je vous demande d'attendre un tout petit instant, répondit-il en inscrivant des chiffres d'une main et en comptant sur le boulier de l'autre.

350 Près du bureau du fonctionnaire, un laquais, dont les galons et l'apparence témoignaient de son appartenance à une maison noble, tenait son papier à la main. Il crut bienvenu de se montrer sociable :

– Croyez-moi, Monsieur, que ce petit clébard[3] ne vaut pas huit roubles. Pour ma part, je n'en donnerais pas plus de huit sous,

355 mais la comtesse en est folle ! Alors celui qui le retrouvera recevra cent roubles de récompense ! Chacun ses goûts, pour parler poliment... un chasseur par exemple, qui a un chien d'arrêt ou un barbet, ne regrettera pas cinq cents, ni même mille roubles, mais au moins c'est pour un bon chien.

360 Le respectable fonctionnaire écoutait avec une mine de circonstance significative tout en s'occupant des comptes, c'est-à-dire du nombre de lettres que contenait le papier en question. Plusieurs vieilles femmes se tenaient debout sur les côtés, ainsi

---

1. **Bichon** : petit chien à poil long.
2. **Frac** : habit masculin de cérémonie.
3. **Clébard** : chien en argot.

que des vendeurs et des concierges, tous feuille en main. On
365 vendait toutes sortes de choses. Ici, un cocher qui ne buvait pas
était disponible ; là, une calèche presque neuve, arrivée de Paris
en 1814 ; ou encore une jeune fille de maison, âgée de dix-neuf
ans, formée aux tâches de blanchisserie mais capable d'effectuer
d'autres travaux ; une voiture solide amputée d'un amortisseur ;
370 un jeune et vaillant cheval, tacheté de gris, âgé de dix-sept ans ; des
graines de navet et de radis importées de Londres ; une datcha[1]
avec deux stalles pour chevaux plus un magnifique emplacement
pour planter des bouleaux ou des pins ; au même endroit, possibilité de racheter des semelles d'occasion tous les jours entre huit
375 et quinze heures... Toute cette société se trouvait dans une petite
pièce dont l'air était particulièrement dense, mais l'assesseur de
collège Kovaliov n'en sentait pas l'odeur, caché sous son mouchoir pour dissimuler la disparition inopinée de son nez.

– Monsieur, permettez-moi de vous solliciter... C'est très
380 important, dit-il enfin avec impatience.

– J'arrive, j'arrive ! Deux roubles et quarante-trois kopecks !
Tout de suite ! Un rouble et soixante-quatre kopecks ! disait le
fonctionnaire aux cheveux gris, en jetant les feuilles au visage des
vieilles femmes et des portiers. Bon, et vous alors, que voulez-
385 vous ? dit-il enfin en s'adressant à Kovaliov.

– J'aurais besoin.... dit Kovaliov, il m'est arrivé une chose horrible ou plutôt affreuse, je n'ai pas encore réussi à comprendre ce
qui s'est passé. Je voudrais simplement que soit indiqué que celui
qui retrouvera ce saligaud recevra une récompense significative.

390 – Permettez-moi de vous demander votre nom.

– Pour quoi faire ? Je ne peux pas vous le donner. Je connais
beaucoup de monde : Tchekhtareva, l'épouse d'un conseiller

---

1. **Datcha** : maison de campagne russe.

d'État, Pélaguéïa Grigorievna Podtotchina, d'un officier supérieur... Si elles l'apprenaient, Dieu garde ! Écrivez simplement :
395 assesseur de collège... ou non, encore mieux, personne se trou-
vant au rang de major...

— C'est votre domestique qui s'est enfui ?

— Comment ça mon domestique ? ! Mais c'est bien pire que
ça ! C'est mon... nez qui a pris la fuite...

400 — Quel étrange nom de famille ! Et ce Monsieur du Nez vous
a-t-il dérobé une grosse somme ?

— C'est-à-dire... vous comprenez de travers ! Mon nez, mon
propre nez a disparu je ne sais où. Le diable se moque de moi !

— Comment donc ? Je ne comprends pas très bien.

405 — Je ne peux pas vous en dire plus. Mais ce qu'il faut savoir,
c'est qu'il se balade en ce moment même en ville en se faisant
passer pour un conseiller d'État. C'est la raison pour laquelle je
vous demande d'indiquer sur l'annonce que celui qui l'attrape
me le ramène sans attendre. Vous comprenez bien que je ne
410 peux pas rester sans ce morceau de moi ? Il ne s'agit pas là du
petit orteil, caché dans la botte et dont personne ne remarque
l'absence. Le jeudi, je vais chez Tchekhtareva, qui est mariée à un
conseiller d'État et je connais aussi très bien Pélaguéïa Grigorievna Podtotchina, qui elle, est mariée à un officier supérieur et qui
415 a une fille tout à fait jolie. Vous vous rendez compte ? Comment
je vais faire maintenant ?... Je ne peux plus leur rendre visite.

Le fonctionnaire resserra les lèvres, ce qui voulait dire qu'il
réfléchissait.

— Non, lâcha-t-il enfin après un long silence, je ne peux pas
420 publier cette annonce.

— Comment ça ? Pourquoi ?

— Parce que. Le journal met sa réputation en jeu. Si tout le
monde se met à raconter que son nez s'est envolé... Déjà que le

bruit court que l'on publie beaucoup de sottises et de rumeurs
425 mensongères.

– Qui y a-t-il de sot là-dedans ? Rien du tout, me semble-t-il.

– C'est vous qui le dites. La semaine dernière encore, on a eu
un cas similaire. Un fonctionnaire est arrivé, de la même façon
que vous, il avait apporté son papier, cela faisait deux roubles
430 soixante-treize kopecks, et son annonce signalait simplement
la perte d'un caniche à poils noirs. Ça semblait anodin, mais ça
s'est transformé en diffamation : le caniche en question était en
réalité trésorier de je ne sais plus quelle institution.

– Mais moi, ce n'est pas pour un caniche que je veux passer
435 une annonce, mais pour mon propre nez, pour ma propre personne si vous préférez.

– Je ne peux vraiment pas passer une annonce pareille.

– Mais j'ai perdu mon nez pour de bon !

– Si vous l'avez perdu, c'est une question médicale. On dit qu'il
440 y a des gens qui peuvent porter n'importe quel nez. D'ailleurs, je
crois comprendre que vous êtes une personne d'humeur joyeuse
qui aime plaisanter en société.

– Je vous jure que c'est vrai ! Au point où on en est, je peux
vous le montrer si vous voulez.

445 – Je ne veux pas vous importuner ! poursuivit le fonctionnaire
en prisant du tabac, mais si cela ne vous dérange pas, ajouta-t-il
dans un élan de curiosité, je veux bien voir.

L'assesseur de collège retira le mouchoir de son visage.

– En effet, c'est tout à fait étrange ! dit le fonctionnaire, c'est
450 lisse et plat comme une crêpe !

– Alors ? Vous voulez encore discuter ? Vous voyez bien qu'il
faut absolument passer cette annonce. Je vous en serais particulièrement reconnaissant, en plus d'avoir eu le plaisir de faire
votre connaissance...

455 Le major avait décidé de passer aux courbettes●.

– Pourquoi pas, dit le fonctionnaire, seulement je ne vois pas en quoi cela pourrait vous aider. Adressez-vous plutôt à quelqu'un qui a une belle plume et qui pourrait décrire ce phénomène naturel dans un article (il prisa encore une fois du tabac) utile pour les 460 jeunes (il s'essuya le nez) et qui attirerait la curiosité.

L'assesseur était complètement désespéré. Il regarda les avis de spectacles en bas de page ; lorsqu'il vit le nom d'une actrice qu'il savait être jolie femme, son visage faillit sourire et il fouilla dans sa poche pour voir si elle contenait un billet – car au théâtre les 465 officiers supérieurs, d'après Kovaliov, doivent être installés dans les fauteuils... mais il repensa à son nez qui lui gâcha sa joie !

On aurait dit que le fonctionnaire était touché par la situation compliquée de Kovaliov. Afin d'amoindrir sa peine, il trouva bienvenu de lui manifester sa sympathie en ces termes :

470 – Je trouve ce qui vous arrive très regrettable, vraiment. Ne voudriez-vous pas priser● un peu de tabac ? C'est très bon pour les maux de tête et les états dépressifs, et même pour les hémorroïdes[1].

Sur ces paroles, le fonctionnaire présenta à Kovaliov une tabatière dont le couvercle dissimulait le portrait d'une dame en chapeau.

475 Cette attitude insensée fit perdre patience à Kovaliov.

– Je ne comprends pas comment vous arrivez à plaisanter, lui lança-t-il avec sincérité. Vous ne voyez donc pas que ce qui me manque, c'est justement ce qui sert à priser ? Que le diable emporte votre mauvais tabac ! Et du reste même le bon ne m'inté-480 resse pas !

---

1. **Hémorroïde** : ulcération de l'anus qui rend douloureuse la posture assise.

● Kovaliov essaie d'obtenir ce qu'il veut en usant d'une politesse excessive, voire de compliments.

● Le fonctionnaire est maladroit car le tabac à priser se renifle par le nez.

Sur ces paroles, il sortit profondément irrité des locaux du journal et se dirigea vers la maison du commissaire de police, grand amateur de sucre. L'entrée, ainsi que la salle à manger, étaient décorées de pains de sucre que lui avaient apportés des
485 amis commerçants. La cuisinière était en train de lui ôter ses bottes fortes et son épée, tous les accessoires de guerre étaient déjà au garde à vous dans les coins ● et le menaçant tricorne entre les mains de son rejeton de trois ans. Après la guerre et les combats, il s'apprêtait à goûter aux plaisirs de la paix.
490 Kovaliov entra au moment où le commissaire s'étirait bruyamment en annonçant son envie de faire « une petite sieste de deux heures ». L'assesseur de collège arrivait donc visiblement au mauvais moment. S'il avait simplement pensé à apporter quelques livres de thé ou du tissu, il aurait été accueilli tout à fait cordiale-
495 ment par le commissaire, qui était un grand amateur d'artisanat et d'objets manufacturés. Ceux qu'il préférait par-dessus tout, c'étaient les billets de banque car, comme il avait l'habitude de dire, « ils ne réclament pas à manger, ne prennent pas de place, se casent toujours dans la poche et ne se cassent pas » ●.
500 Le commissaire accueillit Kovaliov sèchement en précisant qu'on ne menait pas une enquête après le déjeuner car la nature imposait de se reposer un peu, qu'on n'arrachait pas le nez des gens comme il faut et que certains majors sur terre ne possédaient pas de pantalon digne de ce nom et traînaient dans des lieux indécents.

● Les objets caractérisant la tenue du commissaire (bottes et épée) sont posés debout bien droit comme des soldats au garde à vous.

● Gogol dénonce la corruption extrême qui règne dans les administrations russes de l'époque. Avec de l'argent on pouvait obtenir toutes les faveurs, tous les passe-droits de la part de beaucoup de fonctionnaires.

505     Il avait fait mouche ! Il est utile de préciser que Kovaliov était un homme extrêmement susceptible. Il pouvait pardonner tout ce qu'on pouvait dire sur sa personne mais n'excusait aucunement ce qui touchait au grade ou au rang. Il avait même proposé qu'on supprime dans les pièces de théâtre tout ce qui concer-
510 nait les chefs de police et qu'on ne s'en prenne en aucun cas aux officiers supérieurs. L'accueil du commissaire le décontenança tellement qu'il hocha la tête et déclara avec dignité, les mains légèrement ouvertes :

– J'avoue qu'après les remarques désobligeantes que vous
515 venez de faire, je n'ai plus rien à ajouter... et il sortit.

Il rentra chez lui, les jambes coupées. La nuit commençait déjà à tomber. Après toutes ces recherches infructueuses, son appartement lui sembla triste et laid. Dans l'entrée, sur le divan en cuir sale, il vit son laquais allongé sur le dos en train de cra-
520 cher au plafond, heureux d'atteindre à chaque tir la même zone. Une telle indifférence le mit hors de lui, il lui donna un coup de chapeau sur le front en criant :

– Espèce de cochon, tu passes ton temps à faire des bêtises !

Ivan se leva d'un bond et se jeta littéralement sur lui pour lui
525 ôter son pardessus.

Une fois dans sa chambre, le major, triste et fatigué, se laissa tomber dans son fauteuil et soupira plusieurs fois avant de dire tout haut :

– Mon Dieu ! Pourquoi un tel malheur ? Je préfèrerais encore
530 avoir perdu les mains ou les pieds ; et si je n'avais pas d'oreilles, ce serait affreux mais supportable ; mais sans nez, un homme n'en est plus un, il est bon à jeter à la poubelle ! Si encore je l'avais perdu à la guerre ou dans un duel, ou alors si c'était de ma faute. Mais il a disparu pour rien, pour du vent, pour pas un
535 sou !... Non, mais c'est impossible, ajouta-t-il en réfléchissant.

C'est absolument invraisemblable qu'il se soit envolé ainsi. Ça ne se voit que dans les rêves. Croyant boire de l'eau, j'ai dû boire la vodka dont je me sers comme après-rasage●. Cet imbécile d'Ivan a dû la laisser traîner et je me suis trompé de bouteille.

540 Pour être tout à fait sûr de ne pas être saoul, le major se pinça, mais si fort qu'il poussa un cri. La douleur lui confirma qu'il était maître de ses mouvements et bien éveillé. Il s'approcha lentement du miroir et plissa les yeux en espérant que son nez serait revenu à sa place. Mais il bondit en arrière aussitôt en s'écriant :

545 – Quelle sale tête !

C'était réellement incompréhensible. Si encore il avait perdu un bouton, une cuillère en argent, une montre ou quelque chose de ce genre ; mais son propre nez ! et une personne comme lui ! et dans son propre appartement !... Le major Kovaliov, récapitulant

550 toutes les circonstances, en conclut que Podtotchina, l'épouse de l'officier supérieur, était peut-être coupable, puisqu'elle souhaitait qu'il épouse sa fille. La courtiser était certes agréable mais il n'était pas prêt à s'engager. Lorsque Podtotchina lui avait annoncé tout de go[1] qu'elle voulait lui donner sa fille en mariage, il avait peu à peu

555 laissé tomber les compliments, prétextant qu'il était encore jeune, qu'il fallait qu'il donne du service pendant cinq années encore pour avoir quarante-deux ans tout rond. Sans doute alors Podtotchina avait-elle décidé de se venger et s'était pour cela allouée les services d'une ensorceleuse. Car le nez n'avait pas pu être coupé :

560 personne n'était entré dans sa chambre, le barbier Ivan Iakovlévitch l'avait rasé mercredi, et jeudi encore, son nez était entier, il s'en souvenait très bien. Et puis, il aurait ressenti une douleur,

1. **Tout de go** : directement, sans préparation.

● La vodka étant un alcool, Kovaliov s'en sert comme après-rasage.

la plaie n'aurait pas cicatrisé aussi vite et ne serait pas aussi lisse.
Il se mit à échafauder des plans : rappeler formellement à l'ordre,
565 par voie de justice, l'épouse de l'officier supérieur, ou bien se pré-
senter chez elle en personne et essayer de la convaincre. Mais il fut
coupé dans ses pensées par les rayons de lumière qui pénétraient à
travers les fentes de la porte et qui indiquaient qu'Ivan avait allumé
la chandelle de l'entrée. Le laquais apparut bientôt, portant devant
570 lui une bougie qui éclairait toute la pièce d'une lumière vive. Par
réflexe, Kovaliov attrapa un foulard pour cacher l'endroit où hier
encore se trouvait son nez, afin que cet idiot de laquais ne reste pas
interdit en voyant son maître avec une telle bizarrerie.

Ivan n'était pas encore arrivé dans sa tanière qu'il entendit une
575 voix inconnue dans l'entrée :

— Est-ce bien ici que vit l'assesseur de collège Kovaliov ?

— Oui, entrez ! Le major est ici, dit Kovaliov lui-même, qui
s'était hâté d'approcher et d'ouvrir la porte.

Un fonctionnaire de police entra, plutôt bien mis, avec des favo-
580 ris ni trop clairs ni foncés et des joues assez rondes ; c'était celui
qui se tenait au bout du pont Saint-Isaac au début de notre récit.

— Êtes-vous la personne qui a perdu son nez ?

— Affirmatif.

— On l'a retrouvé.

585 — Que dites-vous là ? cria le major Kovaliov. Il était si heureux qu'il en perdit la voix. Il regardait avec méfiance l'inspecteur
de quartier, dont les lèvres et les joues étaient par intermittence
éclairées par la lumière tremblotante de la bougie. Comment ça ?

— Une étrange affaire : on l'a attrapé quasiment sur la route. Il
590 était déjà installé dans une diligence et s'apprêtait à partir pour
Riga. Son passeport portait le nom d'un fonctionnaire. Bizarrement, au début, je l'ai moi-même pris pour un être humain.
Heureusement que j'avais mes lunettes et alors j'ai vu qu'il n'en

était rien. Il faut dire que je suis myope et lorsque j'ai quelqu'un
595 devant moi, je vois son visage mais je ne distingue ni son nez, ni
sa barbe. D'ailleurs ma belle-mère, la mère de ma femme, non
plus ne voit rien...

Kovaliov ne se tenait plus de joie.

– Où est-il ? Mais où ? Que j'y aille de ce pas.

600 – Calmez-vous ! Comme je savais que vous en aviez besoin,
je l'ai pris avec moi. Le plus étrange, c'est que la vedette de cette
affaire, c'est cette canaille de barbier de la rue Voznessenskaïa,
qui est d'ailleurs en cellule à l'heure actuelle. Je le soupçonnais
depuis longtemps d'ivresse et de vol, et voilà qu'avant-hier il a
605 chapardé une douzaine de boutons dans un magasin. Pour ce qui
est de votre nez, il est en parfait état.

Sur ce, l'inspecteur de quartier glissa sa main dans sa poche
et en sortit le fameux nez, enveloppé dans une feuille de papier.

– C'est lui ! cria Kovaliov, c'est bien lui ! Prenez donc une tasse
610 de thé avec moi aujourd'hui même !

– Cela aurait été avec grand plaisir, mais je ne peux vraiment
pas : je vais de ce pas au centre pénitentiaire... Et... les denrées ali-
mentaires sont devenues très chères... Ma belle-mère, c'est-à-dire
la mère de ma femme, vit à la maison et il y a aussi les enfants ;
615 l'aîné surtout est prometteur : c'est un garçon très intelligent
mais je n'ai absolument aucune ressource pour son éducation●...

Kovaliov comprit où il voulait en venir, attrapa un billet sur la
table, le fourra dans la main de l'inspecteur qui le salua et sortit.
Presque au même instant, Kovaliov l'entendait vilipender[1] dans
620 la rue un imbécile qui arrivait sur le boulevard avec sa télègue[2].

---

1. **Vilipender** : crier après quelqu'un en lui disant qu'il est
méprisable.
2. **Télègue** : charrette russe à quatre roues.

● L'inspecteur veut faire
comprendre à Kovaliov qu'il
préfère un pourboire, de l'argent,
plutôt qu'une tasse de thé !

Une fois l'inspecteur sorti, l'assesseur de collège resta un moment interdit. Ce n'est qu'au bout de quelques minutes qu'il retrouva ses sens : cette joie inattendue l'avait mis dans un état second[•]. Non sans retenue, il prit le nez retrouvé dans le creux
625 de ses mains et l'examina avec attention.

– C'est lui, c'est bien lui ! répéta le major Kovaliov. Et voilà le petit bouton apparu hier soir sur l'aile gauche.

Le major faillit rire, mais sa joie s'en alla aussi vite qu'elle était venue et laissa la place à son humeur habituelle. Il réfléchit et
630 comprit que l'affaire n'était pas terminée : le nez était bien là mais encore fallait-il le raccorder au reste, le remettre à sa place.

– Et s'il ne voulait pas ?

À cette question, le major blêmit.

Ressentant une peur inexplicable, il se précipita vers la table
635 et attrapa le miroir pour ne pas mettre le nez de travers. Ses mains tremblaient. Avec prudence et précaution, il le posa sur son emplacement d'origine. Horreur ! Le nez ne voulait pas se recoller !... Il l'approcha de sa bouche, le réchauffa légèrement avec son souffle puis l'avança à nouveau vers la surface lisse qui
640 se trouvait entre ses deux joues, mais rien à faire, il ne tenait pas.

– Mais enfin ! Grimpe, imbécile ! lui disait-il. Le nez restait de marbre et retombait sur la table avec un bruit étrange. Le visage du major se crispa convulsivement. Il pourrait donc ne pas se fixer ? dit-il avec effroi. Chaque nouvelle tentative pour le placer
645 était aussi vaine que la précédente.

Il appela Ivan et l'envoya chercher le docteur qui habitait à l'entresol, dans le meilleur appartement de l'immeuble. Le

● Kovaliov est si surpris et heureux qu'il n'est plus tout à fait lui-même et reste un moment abasourdi.

docteur était un bel homme qui portait de magnifiques favoris bien fournis et dont l'épouse était une femme opulente[1] et
650 fraîche. Pour garder la bouche parfaitement propre, comme il
aimait, il se lavait les dents tous les matins pendant presque trois-
quarts d'heure puis les polissait avec cinq brosses différentes. Il
arriva sans tarder chez Kovaliov, lui demanda quand ce malheur
était arrivé, prit le major par le menton et lui donna, à l'endroit
655 où se trouvait jadis son nez, une belle gifle. La tête du major
se renversa brutalement et sa nuque alla cogner contre le mur.
Le docteur le rassura et lui conseilla de s'éloigner un peu de la
cloison. Puis il lui fit pivoter la tête à droite, palpa l'emplacement
du nez et fit « Hum ! », puis pareil à gauche, « Hum ! » encore
660 et pour conclure il lui donna une autre gifle. Le major résistait
comme font les chevaux quand on leur examine les dents. Sur
ces entrefaites, le docteur secoua la tête et déclara :

— Mieux vaut que vous restiez comme ça. Je pourrais le fixer
mais je vous assure que cela ne serait pas mieux.

665 — Elle est bien bonne ! Comment puis-je rester sans nez ? dit
Kovaliov. Cela ne peut pas être pire que maintenant. C'est une
vraie diablerie ! Et puis je ne suis pas présentable et je suis invité
ce soir dans deux maisons ! Je connais du monde : Tchekhtareva,
épouse d'un conseiller d'État, Pélaguéïa Grigorievna Podtotchina,
670 mariée à un officier supérieur… d'ailleurs après ses agissements,
celle-là, je ne la verrai plus que par l'intermédiaire de la police. Je
vous en prie, supplia Kovaliov, n'avez-vous donc aucun remède ?
Essayez de trouver quelque chose. Même s'il ne tient pas bien, je
peux le soutenir avec la main en cas de danger, et puis comme je
675 n'aime pas danser, je ne risque pas la bousculade. Pour votre visite,
soyez certain qu'autant que mes moyens me le permettent…

1. **Opulente** : bien en chair.

— Croyez bien, dit le docteur d'une voix ni forte ni faible mais extrêmement douce et magnétique, que je ne soigne jamais par intérêt. Cela va à l'encontre de mes principes et de ma science.
680 Il est vrai que j'accepte une certaine somme, mais c'est uniquement pour ne pas blesser le patient en refusant. Bien sûr, je pourrais fixer votre nez, mais je vous jure sur mon honneur, si mes paroles ne suffisent pas, que cela sera pire encore. Mieux vaut laisser faire la nature. Lavez-vous plus souvent à l'eau froide et
685 vous vous porterez tout aussi bien sans nez. Quant à lui, je vous conseille de le mettre dans un bocal avec de l'alcool ou mieux, d'y verser deux cuillères à soupe de vodka avec du vinaigre. Vous pouvez en tirer une jolie somme, d'ailleurs, je peux le prendre moi si vous n'en demandez pas trop.

690 — Non, non et non ! Je ne le vendrai pour rien au monde, cria le major, désespéré. Je préfère encore le perdre carrément !

— Excusez-moi ! dit le docteur en prenant congé, je voulais vous être utile... Que faire de plus ! Vous ne pourrez pas dire que je n'ai pas essayé.

695 Sur ces paroles, le docteur quitta la pièce avec prestance mais Kovaliov ne s'intéressait déjà plus à lui. Il ne regarda pas son visage et remarqua seulement les poignets blanc immaculé de sa chemise, qui dépassaient de son frac noir.

Le lendemain, il décida, avant de porter plainte, d'écrire à
700 l'épouse de l'officier supérieur pour savoir si elle était prête à lui rendre sans discuter « ce qu'il fallait ».

*Madame Alexandra Grigorievna Podtotchina,*
*Je ne comprends pas votre étrange attitude. Soyez certaine que vous ne gagnerez rien en agissant de la sorte et que vous ne m'obligerez pas*
705 *à épouser votre fille. Sachez que je suis parfaitement au courant de l'affaire en question, je sais que vous en êtes la protagoniste, vous et*

*personne d'autre. Le retrait brusque de mon nez de son emplacement, la fuite puis le déguisement, d'abord en fonctionnaire puis en lui-même, sont les signes évidents d'une sorcellerie accomplie par vous ou*
710 *par ceux qui se livrent comme vous à de nobles activités. Je considère qu'il est de mon devoir de vous prévenir : si le nez susmentionné ne retrouve pas sa place aujourd'hui même, vous me verrez dans l'obligation d'avoir recours à la loi pour ma défense et ma protection.*

*Veuillez croire, Madame, en ma plus grande considération à votre*
715 *égard,*

*Votre humble serviteur,*
*PLATON KOUZMITCH KOVALIOV.*

*Monsieur Platon Kouzmitch Kovaliov,*

*Votre lettre m'a extrêmement étonnée. Je vous avoue sincèrement*
720 *que je ne m'attendais pas du tout à de tels reproches injustifiés de votre part. Je tiens à vous informer que je n'ai jamais reçu chez moi la « personne » que vous évoquez, ni déguisée en fonctionnaire, ni en elle-même. J'ai certes reçu Philippe Ivanovitch Potantchikov, bien qu'il soit bon, sobre et érudit, et qu'il ait pour intention de demander*
725 *la main de ma fille, je ne lui ai jamais donné aucun espoir. Vous mentionnez un certain nez. Peut-être sous-entendez vous que mon intention était de vous laisser « le bec dans l'eau »[1] en vous refusant la main de ma fille ? Cela aurait été surprenant de ma part puisque comme vous le savez, je souhaite exactement le contraire. Si, à l'inverse, votre*
730 *objectif est d'obtenir sa main, je suis prête à vous donner satisfaction dans les meilleurs délais et réaliser ainsi mon vœu le plus cher depuis toujours. Dans cet espoir, je reste à votre disposition,*

*ALEXANDRA GRIGORIEVNA PODTOTCHINA.*

---

1. « **Le bec dans l'eau** » : expression familière pour dire « laisser attendre quelqu'un sans donner suite à sa demande ».

« Non ! Elle n'est pas fautive, dit Kovaliov une fois la lecture ter-
735 minée. Impossible ! Cette lettre n'a pas été écrite par quelqu'un
qui a commis un crime. »

Notre assesseur de collège était très compétent dans ce
domaine car il avait été détaché plusieurs fois sur des enquêtes.

« Mais comment est-ce arrivé ? Quelle en est la cause ? Seul
740 le diable pourrait me répondre ! » dit-il enfin en laissant tomber
ses bras.

Cependant, toute la capitale ne parlait que de cet événement
extraordinaire, sans manquer d'ajouter un peu de sel à chaque
récit. Tous les esprits étaient prêts à accueillir l'invraisemblable,
745 encore sous l'influence des récentes expériences de magnétisme
et de l'histoire des chaises volantes, rue Koniouchnaïa. Il n'y
avait donc rien d'étonnant à ce que l'on dise bientôt que le nez
de l'assesseur de collège Kovaliov se baladait tous les jours sur la
perspective Nevski à quinze heures précises et que les curieux
750 affluent pour le voir. Si quelqu'un annonçait que le nez se trouvait
dans tel magasin, la foule venait se bousculer devant l'enseigne
et la police devait intervenir. Un spéculateur d'allure respectable,
qui portait des favoris et vendait des gâteaux secs devant les
théâtres, fabriqua tout exprès de jolis bancs en bois sur lesquels
755 il invitait les curieux à s'arrêter pour quatre-vingts kopecks. Un
honorable colonel sortit délibérément plus tôt de chez lui et se
fraya à grand-peine un chemin à travers la foule ; il fut très indi-
gné lorsqu'il vit dans la vitrine du magasin un chandail en laine
et une lithographie accrochée là depuis plus de dix ans, mais pas
760 l'ombre d'un nez. Il s'éloigna dépité en maugréant : « Comment
les gens peuvent-ils se laisser décontenancer par des rumeurs
aussi stupides et invraisemblables ? »

Ensuite, le bruit courut que le nez du major Kovaliov se baladait depuis longtemps non pas sur la perspective Nevski, mais
765 au parc Tavricheski, et que le khan[1] Khozrev-Mirza●, qui vivait
dans ce parc, se serait étonné de cette étrangeté de la nature. Des
étudiants de l'université de chirurgie s'y rendirent. Une noble et
respectable dame demanda au gardien du parc, dans une lettre
spéciale, de montrer à ses enfants ce phénomène rare avec, si
770 possible, des commentaires pédagogiques.

De même les habitués du beau monde, ceux qui ne man-
quaient jamais un cocktail et aimaient faire rire les dames, se
réjouissaient de ces événements qui leur fournissaient les sujets
de plaisanterie dont ils commençaient cruellement à manquer.
775 Enfin, les mécontents, des gens respectables et bien intention-
nés, étaient peu nombreux. Un monsieur s'indignait de ne pas
comprendre comment de telles fables pouvaient se répandre à
une époque réputée éclairée et s'étonnait que le gouvernement
n'y prête pas attention. Ce monsieur faisait visiblement partie de
780 ceux qui souhaitent que le gouvernement se mêle de tout, même
de leurs querelles conjugales quotidiennes. En outre... mais les
faits se recouvrent à nouveau d'un épais brouillard et l'on ne sait
absolument pas ce qui s'est passé ensuite.

---

1. **Khan** : titre que prenaient les souverains mongols, les chefs tartares, puis les nobles de l'Inde et du Moyen-Orient.

● Le khan Khozrev-Mirza fut logé au palais Tavricheski lors de sa venue à Saint-Pétersbourg en 1829 comme ambassadeur extraordinaire du sultan Mahmoud.

## III

Le monde est le théâtre des invraisemblances les plus folles. Voilà que ce nez, qui avait parcouru la ville déguisé en conseiller
785 d'État et fait tant de bruit, se retrouvait soudain à sa place, comme si de rien n'était, entre les deux joues du major Kovaliov ! Nous étions déjà le 7 avril. Lorsqu'il fut réveillé, le major jeta par inadvertance un œil dans le miroir et vit... son nez ! Il l'attrapa avec la main : c'était bien lui ! « Hé hé ! » chanta-t-il. Il était à
790 deux doigts de danser le kazatchok[1] pieds nus dans sa chambre, mais Ivan qui entrait le gêna. Il ordonna qu'on lui fasse sa toilette sur le champ et en profita pour regarder une fois encore le miroir : son nez était là ! Pendant qu'il se séchait, il ne put éviter de l'admirer : le nez était bien là !

795 — Ivan ! Regarde ! On dirait que j'ai un petit bouton sur le nez, dit-il, mais il pensa aussitôt : Et si par malheur, Ivan rétorquait : « Monsieur, non seulement vous n'avez pas de bouton mais vous n'avez pas non plus de nez ! » Mais Ivan répondit :

— Pas du tout, pas le moindre bouton, votre nez est impeccable !
800 « Diable ! » se dit le major et il claqua des doigts. À ce moment-là, le barbier Ivan Iakovlévitch passa la tête par la porte, tout apeuré comme un chat qu'on aurait juste fouetté pour avoir volé un bout de lard.

— Alors, est-ce que tes mains sont propres ? ! lui cria Kovaliov
805 de loin.

— Oui, oui.

— Menteur !

— Je vous jure qu'elles sont propres, Monsieur.

— Fais donc voir.

1. **Kazatchok** : danse traditionnelle cosaque.

810     Kovaliov s'assit. Ivan Iakovlévitch le recouvrit d'une serviette et, muni du blaireau, cacha en un geste l'intégralité de sa barbe et une partie de ses joues sous une couche de crème, pareille à celle que l'on trouve chez les marchands les jours de fêtes.

    « Vise donc ça ! se dit Ivan Iakovlévitch lorsqu'il vit le nez. Puis
815 il passa la tête de l'autre côté de Kovaliov et regarda encore. Il est là pour de bon, ajouta-t-il, et il fixa le nez un long moment. Enfin, avec toute la douceur qu'on peut imaginer, il avança deux doigts pour l'attraper par le bout. C'était sa technique.

    – Mais fais attention ! s'écria Kovaliov.

820     Ivan Iakovlévitch le lâcha, confondu, et resta perplexe comme rarement il l'avait été. Il lui chatouilla enfin le menton avec le rasoir, mais il tâtonnait car il ne savait pas raser quelqu'un sans se maintenir à la partie olfactive[1] du visage. Il s'agrippa alors tant bien que mal avec son pouce rugueux à la joue et à la gencive
825 inférieure de Kovaliov et réussit, au bout du compte, à venir à bout de toutes ces difficultés et à le raser.

    Une fois prêt, Kovaliov se hâta de s'habiller, prit une voiture et se rendit directement au salon de thé. En entrant, il cria de loin : « Jeune homme, une tasse de chocolat ! » et se tourna sans
830 tarder vers le miroir : le nez était là ! Il se retourna, plein de joie, et regarda avec raillerie, en clignant un peu des yeux, deux militaires dont l'un avait un nez aussi petit qu'un bouton de veste. Il se rendit ensuite à la direction auprès de laquelle il s'affairait pour obtenir le poste de vice-gouverneur, ou en cas d'échec,
835 d'administrateur[2]. Dans l'entrée, il jeta un œil au miroir : le nez était en place ! Ensuite, il passa voir un autre assesseur de collège

---

1. **Partie olfactive** : partie qui permet de sentir les odeurs, le nez.
2. **Administrateur** : chef de service.

(ou major) qui ne ratait jamais une occasion de se moquer des autres. Kovaliov répondait souvent à ses chicanes en disant : « Toi, tu aimes envoyer des piques ! » Tout en marchant, il se
840 disait que si le major n'éclatait pas de rire en le voyant, cela signifiait que le nez était à sa place. L'assesseur de collège ne broncha pas. « Diable ! Tout va bien ! » pensa Kovaliov. Il rencontra ensuite en chemin Podtotchina et sa fille, les salua et reçut en retour des exclamations de joie, ce qui lui confirma qu'il ne
845 présentait pas de séquelles. Il discuta un long moment avec elles puis sortit délibérément sa tabatière, prisa très longuement devant leurs yeux avec les deux narines tout en pensant : « Voilà pour vous, mes poulettes ! Et je ne n'épouserai pas la fille. Plutôt m'amuser, *par amour*•, volontiers ! » À partir de ce jour, le major
850 Kovaliov retourna « comme si de rien n'était » sur la perspective Nevski, fréquenta à nouveau les théâtres, il se montrait partout. Son nez non plus n'avait pas l'air d'avoir fait une escapade. Le major Kovaliov ne perdit plus jamais sa bonne humeur. Il était toujours souriant, harcelait délibérément les jolies dames et il
855 s'arrêta même une fois devant une boutique du centre-ville pour y acheter une décoration militaire, sans raison aucune puisqu'il n'était chevalier d'aucun ordre.

C'est donc à Saint-Pétersbourg, capitale russe, que s'est déroulée cette folle histoire ! Tout bien considéré, elle n'est pas sans
860 aberrations, notamment le très étrange détachement du nez et sa réapparition en divers endroits sous forme de conseiller d'État. Comment Kovaliov n'a-t-il pas pressenti qu'il serait impossible de faire paraître une annonce sur un nez baladeur ? Non pas que le prix à payer fût élevé, ce n'est pas la question, mais cela semblait

● En français dans
⋮ le texte. (N.d.T.)

si malvenu, si maladroit ! Et comment le nez s'est-il retrouvé dans un pain cuit et chez Ivan Iakovlévitch lui-même ?.... Absolument incompréhensible ! Plus étrange encore, comment font les écrivains pour choisir de tels sujets ? Parfaitement inconcevable, vraiment... je ne comprends décidément pas. D'abord, cela ne présente aucun intérêt pour notre pays et ensuite... mais finalement la suite est tout aussi dénuée d'intérêt. J'ignore comment qualifier tout ça.

La conclusion de cette affaire, mais bien sûr d'aucuns en tireront une autre, ou encore une autre... mais tout est dans tout... La conclusion de tout ça, tout bien réfléchi, c'est que cette histoire en a une, de conclusion, et que ce genre d'événements, même rare, peut se produire.

*1836*

# *Apparitions*

En un clin d'œil... le conte de fées est terminé,
L'âme de nouveau déborde de possibilités...
AFANASSI FET

## I

Ce soir-là, je ne parvenais pas à trouver le sommeil et ne cessais de me tourner et de me retourner dans tous les sens. « Au diable ces idioties de tables qui tournent, pensai-je, c'est juste bon à fatiguer les nerfs... » Je finis par m'assoupir...

5  Soudain, je crus entendre dans la chambre le son plaintif et léger d'une corde qui vibrait.

Je relevai la tête. La lune était basse et me regardait droit dans les yeux. Sa lumière blanche s'étalait sur le sol comme de la craie... L'étrange son se répéta nettement.

10  Je pris appui sur le coude, le cœur serré par une légère peur. Une minute passa, puis une autre... Un coq chanta au loin, puis un deuxième lui fit écho, encore plus loin.

Je laissai retomber ma tête sur l'oreiller. « Voilà que mes oreilles se mettent à bourdonner maintenant, pensai-je encore,
15  jusqu'où vais-je aller ? »

● Afanassi Fet (1820-1892) est un poète lyrique
⋮ russe, partisan de l'art pour l'art.
● Le narrateur fait visiblement allusion
⋮ à une expérience de spiritisme pour faire tourner
⋮ les tables sans les toucher.

Je m'endormis peu après, du moins j'en eus l'impression, et fis un rêve inhabituel... Allongé sur mon lit, dans ma chambre, je n'arrive pas à dormir ni même à fermer les yeux. Le même son se répète... Je me retourne... Et voilà que le filet de lune sur le sol
20 se relève lentement, se dresse et s'arrondit vers le haut... Une silhouette blanche et transparente comme la brume se tient debout devant moi, immobile.

– Qui es-tu ? demandai-je avec effort.

Pareille à un bruissement de feuilles, sa voix me répond :

25 – C'est moi... moi... Je suis venue te chercher.

– Me chercher ? Mais qui es-tu donc ?

– Viens cette nuit à la lisière de la forêt, près du vieux chêne. J'y serai.

Je veux regarder cette mystérieuse silhouette féminine de plus
30 près mais un frisson me parcourt tout entier et je tressaille sans le vouloir. Je me retrouve assis sur mon lit, et là où se tenait l'apparition, on ne voit plus sur le sol que le long ruban de lumière blanche déroulé par la lune.


## II

Le lendemain passa tant bien que mal. Je me souviens avoir
35 essayé de lire, de travailler... mais rien ne prenait. La nuit tomba. Mon cœur battait comme s'il était en attente de quelque chose. Je me couchai, visage vers le mur, lorsqu'un chuchotement très net emplit la pièce :

– Pourquoi n'es-tu pas venu ?

40 Je jetai un œil rapide autour de moi.

– Encore elle... encore cette mystérieuse apparition, avec des yeux et un visage immobiles et un regard plein de tristesse.

— Viens ! chuchota-t-elle encore.

— Je viendrai, lui répondis-je avec une frayeur inconsciente.

45 Elle se balança doucement vers l'avant et ondula délicatement comme de la fumée, tandis que la lune reflétait paisiblement sa lumière blanche sur la surface lisse du sol.

### III

Toute la journée, je me sentis troublé. Au dîner, je bus plusieurs verres de vin, puis sortis sur le pas de la porte pour rentrer aussitôt 50 et filer au lit. Mon sang bouillonnait. Le fameux son se fit entendre... Je tressaillis, mais ne me retournai pas, et sentis quelqu'un s'approcher tout près de moi par-derrière et murmurer à mon oreille : « Viens, viens, viens... » Tremblant de peur, je gémis :

— D'accord ! puis, je me redressai.

55 La silhouette se tenait penchée près de mon chevet. Elle sourit légèrement puis disparut. J'eus cependant le temps de regarder son visage qu'il me semblait avoir déjà vu, mais je n'aurais pas su dire où ni quand.

Le lendemain, je me levai tard et passai la journée à errer 60 dehors. J'allai jusqu'au vieux chêne, à la lisière de la forêt, pour observer les alentours. À l'approche du soir, je m'installai dans mon bureau, près de la fenêtre ouverte. La vieille domestique me servit une tasse de thé que je ne touchai pas... J'étais désorienté, je me demandais si je ne perdais pas la tête. Le soleil venait de 65 se coucher mais les nuages ne s'étaient pas teintés de rose. L'air se colora soudain de reflets pourprés qui n'avaient rien de naturel : les feuilles et les herbes se figèrent, comme si on venait de les recouvrir d'une couche de vernis. Leur immobilité pétrifiée,

la brillance des lignes, le mélange d'éclat et de silence avaient
70 quelque chose d'étrange et de mystérieux. Un grand oiseau gris
s'approcha sans bruit de la fenêtre et se posa sur le rebord... Je le
regardai, il me regarda lui aussi du coin de son œil rond et noir.
J'eus l'impression qu'il avait été envoyé pour que je n'oublie pas.

L'oiseau secoua alors ses ailes et s'envola, silencieusement.
75 Je restai encore longtemps assis près de la fenêtre et compris
que j'étais ensorcelé, qu'une force à la fois irrésistible et douce
m'attirait, comme une embarcation que le courant emporte lentement vers les chutes. Je revins enfin à moi. La couleur pourpre
avait depuis longtemps disparu, les tons s'étaient assombris, le
80 mystérieux silence avait été brisé. Un vent léger s'était levé, la
lune contrastait de plus en plus avec le ciel bleu marine et les
feuilles des arbres jouaient du noir et de l'argent dans ses reflets
de marbre. Ma vieille domestique entra, bougie allumée en main,
mais le petit vent qui soufflait de la fenêtre en éteignit la flamme.
85 Je ne pus plus tenir, bondis de ma chaise, enfonçai mon chapeau
et me dirigeai vers le vieux chêne.


# IV

La foudre avait frappé cet arbre quelques années plus tôt. La
cime avait cassé puis séché mais il était resté vivant, sans doute
pour plusieurs siècles encore. Au moment où j'approchai, un
90 nuage passa devant la lune : il faisait très sombre sous les larges
branches. Je ne remarquai d'abord rien de particulier puis je
regardai sur le côté... et sentis mon cœur chavirer : la silhouette
blanche se tenait debout, immobile, près d'un bosquet, entre le
chêne et la forêt. Mes cheveux remuèrent légèrement, je pris
95 mon courage à deux mains et m'avançai.

C'était bien elle, mon hôte nocturne. L'astre blanc resplendit de nouveau lorsque je m'approchai d'elle, qui semblait tissée de brume, diaphane, laiteuse. À travers son visage, j'apercevais une branche que le vent faisait trembloter ; seuls ses cheveux et ses
100 yeux étaient légèrement plus noirs. Ses mains étaient croisées, elle portait une bague fine et brillante, couleur or pâle. Je m'arrêtai devant elle, je voulais lui parler, mais même si je n'avais plus peur, ma voix s'étrangla au fond de ma gorge. Son regard n'exprimait ni chagrin ni joie, il semblait à la fois attentif et sans vie.
105 J'attendais qu'elle dise quelque chose mais elle restait immobile et silencieuse ; ses yeux, qui paraissaient morts, ne me quittaient pas. Je me sentis à nouveau horriblement mal.

— Je suis venu ! m'écriai-je enfin, non sans effort, d'une voix à la fois grave et étrange.
110 — Je t'aime, murmura-t-elle.

— Tu m'aimes ! répétai-je étonné.

— Donne-toi à moi, murmura-t-elle encore.

— Me donner à toi ! Mais tu n'es qu'une apparence, tu n'as pas de corps. Un enthousiasme étrange m'envahit. De quoi es-tu
115 faite ? De fumée ? D'air ? De vapeur ? Me donner à toi ! Dis-moi d'abord qui tu es. As-tu déjà vécu sur terre ? D'où viens-tu ?

— Donne-toi à moi. Je ne te ferai pas de mal. Prononce seulement ces deux mots : prends-moi.

Je la regardais. « Que raconte-t-elle ? pensai-je. Qu'est-ce que
120 cela signifie ? Et que va-t-elle faire ? »

— Bien, prononçai-je tout haut et étonnamment fort, comme si quelqu'un m'avait poussé par-derrière. Prends-moi !

Je n'avais pas terminé ma phrase que la mystérieuse silhouette eut une sorte de rire intérieur qui fit trembloter un instant son
125 visage, puis elle s'avança, ses mains s'ouvrirent et se tendirent.

Je voulus reculer mais j'étais déjà sous son emprise. Elle m'étreignit, mon corps se souleva à quelques centimètres au-dessus du sol et nous nous envolâmes tous les deux sans heurt et sans hâte au-dessus de l'herbe humide et immobile.

## V

130 Ma tête se mit alors à tourner et je fermai les yeux sans m'en rendre compte. Je les rouvris une minute plus tard, nous volions toujours mais on ne voyait déjà plus la forêt. Au-dessous de nous s'étalait une plaine parsemée de taches sombres. Je compris avec effroi que nous étions montés horriblement haut.

135 « C'en est fait de moi, je suis entre les mains du diable ! »
Cette idée m'illumina soudain comme la foudre. Jusque-là, je n'avais pas pensé à une force impure, ni envisagé mon éventuelle perte. Nous filions cependant à vive allure et prenions de plus en plus d'altitude.

140 — Où m'emmènes-tu ? finis-je par gémir.

— Où tu voudras, répondit ma partenaire. Elle était serrée contre moi, son visage presque appuyé contre le mien mais je ne ressentais pourtant qu'un effleurement.

— Redescends-moi sur terre. Je ne me sens pas bien à cette
145 hauteur.

— D'accord. Ferme les yeux et coupe ta respiration.

J'obéis et me sentis aussitôt tomber comme une pierre... l'air sifflait dans mes cheveux. Quand je revins à moi, nous avancions à nouveau tranquillement au ras de la terre, en effleurant les
150 hautes herbes.

– Pose-moi, lui dis-je. Je n'aime pas voler ainsi comme un oiseau.

– Je pensais que cela te plairait. C'est notre seule activité.

– « Notre » seule activité ? Mais qui êtes-vous donc ?

Je ne reçus aucune réponse.

155 – Tu n'as pas le courage de me le dire ? Un son plaintif, pareil à celui qui m'avait réveillé la première nuit, vibra dans mes oreilles tandis que nous continuions notre course discrète dans l'air humide de la nuit.

– Pose-moi donc ! lui dis-je. Ma partenaire s'écarta calmement 160 et je me retrouvai sur mes jambes. Elle s'immobilisa devant moi et croisa à nouveau les mains. Je m'étais calmé et regardais son visage, toujours en proie à une humble tristesse.

– Où sommes-nous ? demandai-je. Je ne reconnais pas ce coin.

– Loin de chez toi, mais nous pouvons y retourner en quelques 165 secondes.

– Et de quelle façon ? Dois-je encore te faire confiance ?

– Je ne t'ai pas fait de mal et ne t'en ferai pas. On volera jusqu'à l'aurore, voilà tout. Je peux t'emmener où tu veux, dans n'importe quel coin du monde. Donne-toi à moi ! Dis-moi encore : 170 prends-moi !

– Alors... prends-moi !

Elle se serra à nouveau contre moi, mes jambes quittèrent le sol et nous prîmes une nouvelle fois notre envol.

# VI

– Où allons-nous ? demanda-t-elle.

175 – Toujours tout droit.

– Mais nous sommes dans la forêt.

– Passons au dessus, mais plus lentement que tout à l'heure.

Nous prîmes brusquement de l'altitude puis repartîmes tout droit. Ce n'était plus les herbes mais les cimes des arbres qui

180 dansaient sous nos jambes. La forêt était magnifique vue d'en haut : son dos de hérisson était éclairé par la lune et un bourdonnement continu nous accompagnait, pareil au grognement d'un animal endormi. Par endroits, on apercevait de petites clairières dont les contours formaient de jolies lignes d'ombres dentelées.

185 De temps en temps, on entendait un lièvre crier plaintivement en bas, tandis que plus haut, un hibou hululait, plaintivement lui aussi. L'odeur des champignons, des bourgeons et de la livèche[1] emplissait l'air. Le clair de lune, austère et froid, déversait partout sa lumière et la Grande Ourse[2] scintillait juste au-dessus de

190 ma tête. Nous laissâmes la forêt derrière nous. Au milieu des champs, j'aperçus une rivière, pareille à une bande de brume. Au-dessus des berges, nous survolâmes des buissons écrasés par l'humidité tandis que sur la surface de l'eau, les vaguelettes semblaient tantôt recouvertes de vernis bleu, tantôt se déroulaient,

195 sombres et presque malveillantes. Par moments, une vapeur fine s'agitait étrangement au-dessus de nous tandis que des nénuphars étalaient avec panache la blancheur immaculée de leurs pétales ouverts, comme s'ils avaient su qu'on ne pouvait les atteindre. Alors que me venait à l'esprit l'idée d'en cueillir un,

200 je me retrouvai au-dessus de la surface miroitante de la rivière.

1. **Livèche** : plante utilisée comme condiment alimentaire.
2. **La Grande Ourse** : c'est une constellation boréale.

Lorsque je rompis la tige raide d'une grosse fleur, l'humidité me fouetta cruellement le visage. Nous commençâmes alors à naviguer d'une berge à l'autre, comme les bécasseaux[1] que nous avions réveillés et que nous suivions. Plusieurs fois, nous survo-
205 lâmes des familles de canards sauvages installées en cercle entre les roseaux ; ils étaient le plus souvent immobiles, l'un d'eux sortait parfois rapidement le cou, caché sous son aile, puis regardait autour de lui, avant de fourrer à nouveau le bec sous ses plumes duveteuses ; pendant ce temps, un autre cancanait en tremblo-
210 tant. Puis nous effrayâmes un héron, qui sortit de son bosquet de saules et décampa en agitant les ailes avec maladresse. Les poissons restaient invisibles, sans doute dormaient-ils. Je com-mençais à m'habituer à la sensation que procurait le vol et y pre-nais même du plaisir – tous ceux qui ont déjà rêvé qu'ils volaient
215 comprendront de quoi je parle. Je tournai alors la tête pour regar-der attentivement l'étrange créature qui m'accordait la faveur de vivre une aventure aussi invraisemblable.

1. **Bécasseau** : oiseau échassier migrateur.

# VII

C'était une silhouette féminine dont le petit visage, qui n'avait rien de russe●, ne m'était pas inconnu. Blanchâtre, presque transparent, les contours à peine marqués, il me rappelait une figurine
220 en albâtre[1], un vase éclairé de l'intérieur.

– Est-ce que je peux te parler ? lui demandai-je.

– Parle.

– Je vois que tu portes une bague, peut-être as-tu vécu sur terre. As-tu été mariée ?

225 J'attendis... mais restai sans réponse.

– Comment t'appelles-tu ou plutôt t'appelais-tu ?

– Appelle-moi Ellis.

– Ellis ! Mais c'est un prénom anglais ! Me connaissais-tu auparavant ?

230 – Non.

– Pourquoi est-ce justement à moi que tu es apparue ?

– Parce que je t'aime.

– Es-tu heureuse ?

– Oui, car nous voltigeons tous les deux dans l'air pur.

235 – Ellis ! dis-je soudain. Peut-être que tu es une criminelle, que tu as été jugée ?

Ma partenaire pencha la tête.

– Je ne te comprends pas, murmura-t-elle.

– Je te supplie de... mais je ne terminai pas ma phrase.

240 – Qu'est-ce que tu racontes ? dit-elle embarrassée. Je ne comprends pas.

---

1. **Albâtre** : roche d'aspect blanchâtre presque translucide, utilisée en sculpture.

● Traditionnellement on considère qu'un visage russe est un visage aux pommettes hautes, aux yeux clairs et assez enfoncés.

J'eus l'impression que sa main, qui encerclait ma taille comme une ceinture de glace, bougea légèrement.

— N'aie pas peur, dit Ellis, ne crains rien, mon bien-aimé ! Son
245 visage se tourna et avança vers le mien... Je ressentis une étrange sensation sur mes lèvres, comme si la ventouse fine et souple d'une gentille sangsue m'avait effleuré●.

# VIII

Je regardai en bas. Nous étions montés assez haut et survolions une ville qui m'était inconnue, campée sur le flanc d'une
250 large colline. Des églises se dressaient au milieu de la masse sombre des toits de bois et des vergers ; sur l'un des méandres de la rivière, on apercevait un pont, long et noir. Le silence régnait sur cette localité engourdie par le sommeil. Même les coupoles et les croix brillantes paraissaient muettes. Les perches des puits
255 ressortaient, elles aussi sans bruit, d'entre les houppiers[1] arrondis des saules. Comme une flèche silencieuse, la route blanche s'enfonçait à une extrémité de la ville et rejaillissait à l'autre, au milieu de champs sombres et monochromes[2].

— Quelle est cette ville ?
260 — ...sov.

— ...sov dans la région de ...aïa ?

— C'est ça.

— Je suis bien loin de chez moi !

— Les distances n'ont pas de sens pour nous.

---

1. **Houppier** : partie supérieure d'un arbre.
2. **Monochrome** : d'une seule couleur.

● C'est l'évocation du baiser donné au narrateur par Ellis, le fantôme.

265 – Vraiment ? Un élan de courage m'envahit. Dans ce cas, emmène-moi en Amérique du Sud !

    – Je ne peux pas, car il fait jour en Amérique à l'heure qu'il est.

    – Dans ce cas, allons n'importe où, mais le plus loin possible !

    – Ferme tes yeux et bloque ta respiration, répondit Ellis.

270 Nous avons alors filé comme l'éclair. L'air pénétrait dans mes oreilles et faisait un vacarme épouvantable, qui ne cessa d'ailleurs pas lorsque nous nous sommes arrêtés, mais devint au contraire menaçant comme un grondement de tonnerre.

    – Maintenant tu peux ouvrir les yeux, dit Ellis.


# IX

275 Je m'inquiétais... Mon Dieu, mais où étais-je ?

Au-dessus de ma tête, de lourds nuages de fumée avançaient à vive allure, en rangs serrés, comme un troupeau de monstres malveillants, tandis que d'en bas pointait un autre danger : une mer parfaitement démontée... Son écume blanche scintillait convul-
280 sivement et bouillonnait par endroits ; des vagues déchaînées se soulevaient et allaient se fracasser sur un immense rocher, noir comme le charbon. Partout le hurlement de la tempête, le souffle glacé des abysses[1] agités, le claquement désagréable du va-et-vient des eaux dans lesquelles semblaient par moments résonner
285 des lamentations, des coups de feu lointains, des sons de cloche, le grincement strident des galets sur le rivage, le hurlement soudain d'un goéland invisible... Sur l'horizon troublé on apercevait la carcasse chancelante d'un bateau. Tout autour la mort et la

---

1. **Abysse** : zone très profonde et sombre des océans.

peur… Ma tête se mit à tourner, je fermai à nouveau les yeux,
290 j'étais au bord de l'évanouissement.

– Qu'est-ce que c'est ? Où sommes-nous ?

– Au sud de l'île de Wight[1], près du rocher de Blackgang où
les bateaux viennent si souvent se fracasser, expliqua Ellis avec
beaucoup de précision et une joie empreinte de méchanceté.

295 – Emmène-moi loin d'ici, je veux rentrer chez moi !

Je me raidis et cachai mon visage dans mes mains. Nous
prîmes à nouveau de la vitesse ; le vent avait cessé de hurler et
de siffler mais je le sentais encore dans mes cheveux, dans mes
vêtements. J'avais le souffle coupé.

300 – Redresse-toi ! cria la voix d'Ellis.

Je m'efforçais de me maîtriser, de reprendre mes esprits…
Je posai enfin les pieds sur terre, tout était silencieux alentour,
comme mort… Mes tempes battaient toujours, ma tête tournait
et j'entendais un cliquetis permanent. Je me redressai et ouvris
305 les yeux.


# X

Nous nous trouvions sur la digue de mon étang. Droit devant
moi, à travers les feuilles piquantes des saules, on apercevait la
surface immense de l'eau à laquelle s'accrochaient des filaments
duveteux et épars de brouillard. À droite, un champ de seigle
310 scintillait faiblement ; à gauche, se dressaient les grands arbres
du jardin, immobiles et humides. Le matin les enveloppait déjà.
Dans le ciel gris, les premiers éclats de l'aurore, encore faibles,

---

1. **L'île de Wight** : île anglaise qui se trouve dans la Manche.

rendaient jaunâtres les quelques nuages obliques qui s'étiraient comme des rubans de fumée. Sur l'horizon pâlissant, l'œil nu 315 ne pouvait distinguer de quel côté le soleil se levait. Les étoiles avaient disparu, rien ne remuait encore mais la nature s'éveillait déjà, dans le silence enchanté et la faible clarté du petit matin.

— Le jour se lève ! s'exclama Ellis tout près de mon oreille. Adieu ! À demain !

320 Je me tournai. Elle s'éleva légèrement puis avança. Soudain, elle leva les bras au-dessus de la tête et un éclair d'une couleur chaude, pareille à celle de la peau, illumina en une seconde son visage, ses bras et ses épaules ; de vraies étincelles jaillirent de ses yeux sombres et un sourire moqueur, empli d'une mystérieuse 325 volupté, fit remuer ses lèvres rouges. Une femme magnifique se tenait devant moi. Elle chavira et s'évapora. Je restai figé.

Quand je revins à moi et regardai tout autour, il me sembla que la couleur chair qui avait traversé mon apparition s'était dispersée un peu partout dans l'air. L'aurore s'embrasait. Je ressen-330 tis soudain une fatigue extrême et rentrai chez moi. En passant devant la volière, j'entendis le balbutiement matinal des oisons[1] – toujours les premiers levés. Des choucas[2] étaient installés au bout de chacune des perches du toit et faisaient leur toilette en silence d'un air affairé ; leurs silhouettes se détachaient net-335 tement sur le fond du ciel laiteux ; de temps en temps, ils se levaient ensemble, voletaient, puis se posaient tout près les uns des autres, sans cri. De la forêt voisine, on entendit une poule des bouleaux noire roucouler deux fois en prenant son envol sur l'herbe recouverte par la rosée et jonchée de baies... Je filai me 340 coucher en tremblotant et tombai vite dans un profond sommeil.

1. **Oison** : petit de l'oie.
2. **Choucas** : oiseau noir et gris vivant dans les clochers et les tours.

# XI

La nuit suivante, quand je m'approchai du vieux chêne, Ellis venait à ma rencontre comme si elle me connaissait bien. Contrairement à la veille, elle ne me faisait pas peur, j'étais presque heureux de la voir. Je n'essayais pas de comprendre ce qui m'arrivait,
345 j'avais juste envie de voler encore vers de nouveaux horizons.

Sa main s'enroula à nouveau autour de moi et nous partîmes à vive allure.

– Allons en Italie, lui murmurai-je à l'oreille.

– Où tu voudras, mon bien-aimé, répondit-elle solennelle-
350 ment et calmement. Puis, de la même façon encore, elle tourna son visage vers moi. Il ne me semblait pas aussi transparent que la veille mais plus féminin et plus hautain. Il me rappelait la femme magnifique qui était apparue furtivement devant moi au petit matin, avant de me quitter.

355 – Cette nuit est une grande nuit, poursuivit-elle, il est rare que sept fois treize●...

Je n'entendis pas la fin de sa phrase.

– On va voir ce qui est caché d'habitude.

– Ellis ! suppliai-je, mais qui es-tu donc ? Dis-le moi enfin ! Elle
360 releva en silence sa longue main blanche. Au milieu des petites étoiles, elle pointa du doigt une comète aux contours rouges qui scintillait sur le fond du ciel sombre.

– Comment comprendre qui tu es ? commençai-je. Cette comète navigue entre les planètes et le soleil et toi entre les
365 hommes... comment fais-tu ?

● Suggestion d'un nombre à valeur magique rendant la nuit exceptionnelle, ce qui accroît le suspense.

*Nocturne*, peinture de Marc Chagall (1887-1985) en 1947.
Moscou, Musée Pouchkine.

La main d'Ellis se posa soudain sur mes yeux. On aurait dit que le brouillard blanc de la colline humide m'arrosait.

– En route pour l'Italie ! l'entendis-je murmurer. Cette nuit est une grande nuit !

# XII

370 Lorsque le brouillard se dissipa, je vis en bas une plaine interminable. Je sentis un air doux et tiède effleurer mes joues et compris tout de suite que je n'étais plus en Russie●. La plaine ne ressemblait pas aux plaines russes. C'était un espace immense, pâle et vide, qui semblait dénué de toute végétation. Ça et là, pareilles 375 à de petits éclats de verre, des eaux dormantes scintillaient tandis qu'au loin on apercevait une mer d'huile. De grosses étoiles brillaient entre les énormes nuages ; le chant continu et léger de mille oiseaux montait de tous les côtés, aigu et doux comme une voix nocturne en plein désert.

380 – Les marais Pontins[1] ! dit Ellis. Entends-tu les grenouilles ? Sens-tu l'odeur de soufre ?

– Les marais Pontins... répétai-je. Une grande mélancolie m'envahit. Pourquoi m'as-tu amené ici, dans ce coin triste et abandonné ? Allons plutôt à Rome.

385 – Rome n'est pas loin, répondit-elle. Prépare-toi !

Nous descendîmes et longeâmes l'ancienne voie latine. Au milieu de la vase visqueuse, un buffle soulevait lentement sa gueule monstrueuse et velue, recouverte de touffes de poils courts et de deux cornes recourbées vers l'arrière. On voyait se promener

---

1. **Les marais Pontins** : région marécageuse, à une soixantaine de kilomètres de Rome, dans le Latium.

● À la Russie s'associe un air froid et vif.

390 le blanc de ses yeux, son regard oblique était furieux et il soufflait fort avec ses narines mouillées, comme s'il nous avait flairés.

— Rome est déjà là... murmura Ellis. Regarde au loin...

Je levai les yeux.

J'avais peine à distinguer quoi que ce soit au bout de ce ciel noc-
395 turne. Peut-être étaient-ce les arches d'un immense pont, mais quel fleuve enjambait-il ? Pourquoi était-il démoli par endroits ? C'était sans doute un ancien aqueduc. Autour de nous s'étalait la terre sacrée de la Campanie, tandis qu'au fond, les sommets des monts Albains et le dos argenté de l'aqueduc brillaient faible-
400 ment, éclairés par le clair de la lune à peine levée.

Nous avons soudain pris de la vitesse pour nous arrêter au-dessus d'une ruine isolée – avait-elle jadis été un tombeau, un palais ou une tour ? – enveloppée par la force engourdie d'un lierre noir. Plus bas, une voûte à moitié écroulée semblait ouverte
405 comme une gorge. De ce tas de pierres fines serrées les unes contre les autres, qui formaient autrefois un mur dont l'enve-loppe de granit était depuis longtemps tombée, montait une odeur désagréable de cave qui arriva jusqu'à mon visage.

— C'est ici, dit Ellis et elle leva la main. Ici même ! Prononce
410 trois fois d'affilée le nom d'un grand homme de Rome.

— Que se passera-t-il alors ?

— Tu verras.

Je réfléchis.

— *Divus Caius Julius Caesar* ! m'exclamai-je soudain. *Divus*
415 *Caius Julius Caesar* ! répétai-je lentement. *Caesar* !...

## XIII

    Les derniers échos de ma voix résonnaient encore lorsque se mirent à vibrer des sons que je ne saurais décrire exactement. J'entendis d'abord un tonnerre confus de coups de trompette et d'applaudissements à peine perceptibles mais continuels. On
420 aurait dit qu'une foule immense s'était soudain mise à remuer quelque part, extrêmement loin, au fin fond de la terre. Elle grossissait, grossissait progressivement, les gens s'agitaient, ils semblaient s'interpeller, comme dans un rêve oppressant et terriblement long. Au-dessus de la ruine, l'air se troubla et s'obs-
425 curcit. Des ombres surgirent, certaines étaient rondes comme des casques, d'autres étirées comme des lances. Les rayons de la lune venaient s'y briser avant d'éclater en mille étincelles fugitives bleu nuit. L'armée humaine continuait à avancer, à gonfler, à s'exci-ter, mais son image restait floue. Une tension extrême, suffisante
430 pour soulever le monde, s'en échappait. Il me sembla soudain percevoir autour de moi un tremblement, comme si des vagues immenses s'étaient écartées pour céder la place. Des voix gron-daient « *Caesar, Caesar venit* » comme une tempête dans la forêt. Un coup sourd retentit. Je vis alors apparaître une couronne de
435 lauriers, des paupières closes, un visage blême et sévère... la tête de l'*imperator* se hissait lentement à travers les ruines●.

    Aucun mot ne pourrait décrire l'effroi qui me serra le cœur. Si ces yeux s'étaient ouverts, si ces lèvres s'étaient desserrées, j'en serais mort sur le champ.
440    — Ellis ! gémis-je. Je ne veux pas ! Je ne peux pas ! Je n'ai pas besoin de cette Rome-là, brutale et menaçante. Partons d'ici !

● Par inversion du temps, le narrateur se retrouve dix-huit siècles plus tôt, à l'époque de César.

– Peureux ! murmura-t-elle, et nous nous éloignâmes rapidement. J'eus le temps d'entendre derrière moi les cris métalliques et perçants des légionnaires... Puis tout s'obscurcit.

## XIV

445 – Regarde autour de toi, me dit Ellis, et calme-toi.

Je lui obéis et me souviens de ma première impression, qui fut si douce que je ne pus que soupirer. Une lumière bleu argenté – ou bien était-ce du brouillard – m'encerclait. Je ne distinguais rien car ses reflets m'aveuglaient, puis les contours des montagnes et 450 des forêts se dessinèrent. Je vis un lac se dérouler, des étoiles scintiller au loin et j'entendis la douce plainte de la marée. L'odeur des oranges amères m'enveloppa soudain comme une vague, en même temps que la voix forte et pure d'une jeune femme. La terre m'attirait... et je commençai ma descente... en direction d'un 455 luxueux palais de marbre blanc posé au milieu d'un bosquet de cyprès. De la musique s'envolait par les fenêtres grandes ouvertes ; les ondes du lac, parsemées de poussières de fleurs, venaient en éclabousser les murs, tandis qu'en face, émergeant des eaux, se dressait une grande île toute ronde, habillée de la verdure sombre 460 des orangers et des lauriers, voilée par une vapeur scintillante et parsemée de statues, de colonnes fines et de portiques.

– Isola Bella ! dit Ellis, le lac Majeur[1]...

Je me contentai d'un Ah ! et continuai ma descente. La voix résonnait de plus en plus fort et de plus en plus clairement dans 465 le palais et j'étais irrésistiblement attiré par elle. Je voulais voir le visage de celle qui chantait si bien, par une si belle nuit. Nous nous arrêtâmes devant les fenêtres.

---

1. **Le lac Majeur** : lac qui se situe entre la Suisse et l'Italie, en bordure sud des Alpes.

La jeune femme jouait du piano au milieu d'une pièce de style pompéien[1] qui ressemblait à un temple antique, décorée de
470 sculptures grecques, de vases étrusques[2], de plantes rares et de riches étoffes, et éclairée par deux lampes en cristal qui diffusaient une lumière tamisée. La tête légèrement penchée et les yeux à moitié fermés, la jeune femme chantait un air italien en souriant, le visage à la fois grave et sévère... signes de plaisir absolu ! Le Faune
475 de Praxitèle[3], nonchalant et aussi jeune qu'elle, délicat, voluptueux, semblait lui aussi sourire, caché derrière une branche de laurier-rose et dissimulé par la fumée fine qui s'échappait d'un brûle-parfum en bronze, posé sur un trépied antique. La jeune femme était belle et seule. Envoûté par les notes, la beauté, la brillance et le
480 parfum de la nuit, touché jusqu'au fond du cœur par le spectacle de ce bonheur frais, paisible et lumineux, j'en oubliais complètement ma partenaire, j'oubliais de quelle façon étrange j'étais devenu le témoin de cette vie qui m'était si lointaine et si étrangère. J'avais simplement envie de me poser sur le sol, de parler.

485 Tout mon corps fut alors ébranlé par une forte secousse. Je regardai autour de moi... Même transparent, le visage d'Ellis était sombre et menaçant ; ses yeux venaient subitement de s'ouvrir, remplis de haine.

— Arrière ! murmura-t-elle, furieuse. Puis à nouveau l'obscurité
490 m'enveloppa, ma tête se mit à tourner. Cette fois, ce ne furent pas les cris des légionnaires qui sifflèrent dans mes oreilles mais la voix de la chanteuse qui se cassait sur une note très aiguë.

---

1. **De style pompéien** : à la manière des intérieurs des maisons de Pompéi, ville engloutie sous les cendres du Vésuve en 79 après J.-C.
2. **Vases étrusques** : fabriqués en Étrurie, plusieurs siècles avant J.-C., ces vases étaient en pâte noire, d'un émail terne, et de formes quelquefois très bizarres.
3. **Le Faune de Praxitèle** : le Faune, divinité champêtre dans la mythologie romaine, est ici une sculpture de Praxitèle qui est un célèbre sculpteur grec du IVe siècle avant. J.-C.

Nous nous arrêtâmes enfin. La note ne cessait de résonner dans ma tête alors que nous nous trouvions dans une atmosphère aux parfums tout à fait différents. En plus de l'odeur du foin, de la fumée et du chanvre, une fraîcheur boisée flottait autour de moi comme si nous étions au bord d'une large rivière. J'entendis à nouveau une voix chanter mais cette fois avec une intonation qui me parlait, des modulations que je connaissais, qui m'étaient familières... c'est-à-dire russes. À ce moment-là, tout s'éclaira autour de moi.

## XV

Nous nous trouvions au-dessus de berges plates. Sur la gauche, des prairies fauchées s'étiraient et se perdaient à l'infini, avec partout des meules immenses ; sur la droite, une large rivière étalait à perte de vue ses abondantes eaux dont la surface miroitait. Près de la rive, de grandes barques noires se tortillaient au-dessus des ancres et levaient la pointe de leurs mâts comme on lève le doigt. De l'une de ces barques, où brûlait un feu tremblotant dont le long reflet rouge se balançait dans l'eau, le son de la voix limpide parvint jusqu'à moi. D'autres feux scintillaient sur la rivière et dans les prés – on n'aurait su dire s'ils étaient proches ou éloignés – par moments ils se cachaient, puis ils se levaient brusquement pour diffuser leur vive lumière. Des centaines de sauterelles chantaient tout aussi fort que les grenouilles des marais Pontins, et des oiseaux inconnus poussaient de temps à autre des cris, sous le ciel bas et sombre que les nuages avaient déserté.

– Sommes-nous en Russie ? demandai-je à Ellis.

– C'est la Volga[1], répondit-elle. Nous avons survolé la rive.

---

1. **La Volga** : du plateau du Valdaï (N-O de la Russie) à la mer Caspienne, la volga est le fleuve le plus long d'Europe avec ses 3 700 km.

– Pour quelle raison m'as-tu arraché de ce paradis ? commençai-je. Par envie ou par jalousie ?

Les lèvres d'Ellis tremblotèrent et une lueur menaçante apparut brièvement dans ses yeux. Puis tout son visage exprima à nouveau l'étonnement.

– Je veux rentrer chez moi, lui dis-je.

– Attends, répondit Ellis. Cette nuit est une grande nuit. Elle ne se renouvellera pas et tu peux en être le témoin. Sois patient.

Nous prîmes soudain la Volga à l'oblique, en volant tout près de l'eau et par saccades, comme les hirondelles devant la tempête. De grandes vagues frémissaient au-dessous de nous, un vent violent nous donnait des gifles froides et vigoureuses. La rive droite s'éleva bientôt dans la pénombre, et des montagnes abruptes parsemées de grandes crevasses apparurent. Nous nous en approchions.

– Crie « À l'abordage ! • » me murmura Ellis.

Je me souvins de la frayeur qui s'était emparée de moi devant les fantômes romains et je ressentis une grande fatigue accompagnée d'une étrange angoisse, comme si mon cœur fondait. Je ne voulais pas prononcer ces mots fatidiques car je savais qu'en réponse un monstre apparaîtrait, comme dans la Gorge aux Loups du Freischütz•, mais mes lèvres s'ouvrirent malgré moi et je criai d'une voix faible et tendue : « À l'abordage ! »

⬤ **Dans le texte :** Сарынь на кичка (*Sarine na kitchka*), expression quasiment intraduisible. Cri de guerre des brigands de Stenka Razine (Stepan Timofeïevitch Razine), chef cosaque qui mena un soulèvement des paysans et des populations de la Volga, dans le sud de la Russie, contre la noblesse vers 1670.

⬤ *Der Freischütz* (*Le Chasseur*) est un opéra allemand de Carl Maria von Weber (1786-1826). Inspiré du mythe de Faust, il met en scène un pacte diabolique dans la Gorge aux Loups.

# XVI

Tout était silencieux, comme devant les ruines romaines. Soudain, un rire sauvage résonna tout près de mon oreille. Quelqu'un tomba dans l'eau en gémissant et but la tasse. Je
545 regardai autour et ne vis personne, mais un écho arriva de la rive et un vacarme assourdissant s'éleva de tous les côtés à la fois, un chaos sonore où se mélangeaient pêle-mêle des cris et des hurlements, des jurons éclatants et des rires gras, des coups de rames et de haches, des fracas de portes et de coffres enfoncés, des grin-
550 cements de cordages et de roues, des claquements de sabots de cheval lancé au galop, des cloches sonnant le tocsin et des cliquetis de chaînes, le bourdonnement gémissant d'un incendie, des chansons paillardes et des conversations grinçantes, des sanglots inconsolables, des prières plaintives et désespérées, des ordres
555 criés, des râles d'agonisants, des sifflements isolés, des vociférations et des pas de danse trépignants... On entendait clairement crier « Frappe-le celui-là ! Passe-lui la corde au cou ! Noie-le dans la rivière ! Égorge-le ! Volontiers ! Allez ! Allez ! Pas de pitié ! » On entendait même le halètement de gens essoufflés. Pourtant, tout
560 semblait vide alentour, rien ne bougeait : la rivière coulait tout près, mystérieusement, et la rive ressemblait à un désert sauvage et presque morne.

Je m'apprêtai à parler, mais Ellis posa un doigt sur sa bouche.

– Stépan Timoféïevitch● arrive ! hurlait-on de tous côtés.
565 Notre petit père arrive, notre ataman[1], notre père nourricier !

---

1. **Ataman** : titre de chef remplissant des fonctions politiques et militaires chez les Cosaques.

● Il s'agit de Stenka Razine.

Je ne voyais toujours rien mais il me sembla soudain qu'un corps immense arrivait droit sur moi.

– Frolka[1] ! Où es-tu donc, espèce de chien ? ! cria une voix effrayante. Mets le feu partout, découpe-les à la hache, ces fai-
néants qui n'ont pas de cal aux mains !

Je sentais tout près de moi la chaleur des flammes, l'odeur amère de la fumée, et au même moment, quelque chose de chaud m'éclaboussa le visage et les mains, on aurait dit du sang. Des éclats de rire grossiers éclatèrent partout.

Je perdis connaissance. Lorsque je repris mes esprits, Ellis et moi glissions lentement le long de ce bois qui m'était familier, droit sur le vieux chêne.

– Vois-tu ce chemin où le clair de lune est pâle, avec les deux bouleaux penchés ? me dit-elle. Veux-tu y aller ?

Je me sentais tellement exténué et vidé que je ne parvins qu'à prononcer une seule phrase :

– Je veux rentrer chez moi !

– Mais tu es chez toi, me répondit Ellis.

J'étais effectivement debout sur le seuil de ma porte... et seul. Ellis avait déjà disparu. Le chien s'approcha de moi puis me regarda avec défiance et s'enfuit en hurlant.

J'eus peine à me traîner jusqu'au lit et m'endormis sans même me déshabiller.

---

1. **Frolka** : diminutif de Frol, prénom du frère de Stenka Razine.

# XVII

Le lendemain matin, je me réveillais rongé par les remords et
590 la déception, et ne fis pas attention à la terrible migraine dont je
souffrais ni aux douleurs qui paralysaient mes jambes.

J'étais très mécontent de moi. « Quel lâche ! me répétai-je
sans cesse. Ellis a raison. Qu'ai-je craint ? Comment ai-je pu ne
pas profiter de cette occasion ? J'aurais pu voir Jules César en
595 personne, mais j'étais mort de peur, je piaillais, je détournais
le regard comme un enfant qui voit les verges[1]. Quant à Stenka
Razine, c'est une autre affaire. En tant que gentilhomme et pro-
priétaire terrien●... Et d'ailleurs, là aussi, qu'ai-je réellement
craint ? Ah ! quel poltron je fais ! »

600 — Mais est-ce que je n'aurais pas rêvé ? me demandai-je enfin.
J'appelai ma domestique.

— Marfa, te souviens-tu à quelle heure je me suis couché hier
soir ?

— Qu'est-ce que j'en sais, mon bon monsieur ? Le thé, tu l'as
605 bu tard et à la nuit tombée tu es sorti. Je t'ai entendu marcher
dans ta chambre bien après minuit, au petit matin. Ça fait le troi-
sième jour comme ça. Tu dois avoir bien des soucis.

« Hé ! Hé ! pensai-je, ça ne fait donc pas l'ombre d'un doute,
j'ai bien volé comme un oiseau. À quoi ressemble mon visage
610 aujourd'hui ? ajoutai-je tout haut.

— Ton visage ? Fais voir. Tu as les traits un peu tirés. Et tu es
pâle, mon bon, comme si tu n'avais plus de sang dans les veines●.

---

1. **Les verges** : le fouet.

● Le soulèvement mené
par Stenka Razine est dirigé
contre les boyards (nobles)
dont le héros fait partie.

● Il ressemble à un fantôme,
comme si Ellis l'absorbait.

J'étais légèrement choqué. Je laissai partir Marfa.

615 « Tu vas mourir si ça continue, ou bien perdre la tête, pensai-je, assis près de la fenêtre. Il faut que cela cesse, c'est trop dangereux... et mon cœur qui bat si étrangement... Quand je suis dans les airs, j'ai l'impression que quelqu'un suce mon sang, que je le perds goutte après goutte, comme la résine perle sur les bouleaux quand on plante une hache. C'est quand même dom-
620 mage... Ellis... Je crois qu'elle joue avec moi comme un chat avec une souris... mais je ne pense pas qu'elle me veuille du mal. Je me donnerai à elle une dernière fois, je ne manquerai aucune seconde de ce qui me sera offert de voir... Et si elle buvait mon sang ? Quelle horreur ! Et puis une telle vitesse ne peut pas avoir
625 que du bon... on dit qu'en Angleterre, il est interdit d'aller à plus de cent vingt kilomètres à l'heure sur les voies ferrées. »

Je réfléchissais ainsi tout seul mais à vingt-deux heures, j'avais déjà rejoint le vieux chêne.

# XVIII

La nuit était froide, pâle et grise ; l'air sentait la pluie. Je fus
630 étonné de ne trouver personne sous le chêne, j'en fis plusieurs
fois le tour, allai jusqu'à la lisière de la forêt et revins en observant
minutieusement autour de moi malgré l'obscurité... mais tout
était vide. J'attendis un peu, appelai plusieurs fois de suite Ellis
en criant de plus en plus fort, mais elle ne vint pas. J'étais triste,
635 presque affligé, elle ne me sauverait donc plus de tous ces dan-
gers. Je n'arrivais pas à me faire à l'idée qu'elle ne reviendrait plus.

– Ellis ! Ellis ! Tu vas venir, n'est-ce pas ? criai-je enfin.

Un corbeau, que ma voix avait réveillé, se mit soudain à remuer
sur le sommet de l'arbre voisin puis se prit dans les branches et
640 commença à battre des ailes. Ellis ne vint pas.

Je rentrai chez moi, tête baissée. Au loin, sur la digue, les
saules[1] étaient déjà noirs, la lumière de ma chambre apparais-
sait et disparaissait furtivement entre les pommiers du jardin,
comme un œil qui m'aurait surveillé. Soudain, j'entendis l'air
645 sifflé derrière moi, quelque chose me saisit et me souleva par
en dessous, comme le rapace saisit la caille dans ses serres. Ellis
était venue. Je sentis sa joue contre la mienne, sa bague contre
mon corps et les deux mots qu'elle chuchota pénétrèrent dans
mon oreille comme une vague de froid : « Me voilà. » J'étais
650 effrayé et content à la fois... Nous étions à quelques centimètres
au-dessus du sol.

– Tu ne voulais pas venir aujourd'hui ? lui demandai-je.

– Je t'ai manqué ? Tu m'aimes ? Tu es donc à moi ! Ces derniers
mots me troublèrent...

655 Je ne savais que répondre.

---

1. **Saule** : arbre vivant près de l'eau.

660    – J'ai été retenue, continua-t-elle.

– Qui a pu te retenir ?

– Où veux-tu aller ?

Ellis ne répondait jamais à mes questions.

– Emmène-moi en Italie. Sur le lac Majeur, tu te souviens ?

665    Ellis tourna légèrement la tête puis la secoua en signe de refus. Je remarquai pour la première fois qu'elle n'était plus transparente. On aurait dit que son visage s'était coloré, une pointe de vermeil s'était répandue sur sa blancheur brumeuse. Je regardai ses yeux... ils me firent très peur : quelque chose se déplaçait à l'intérieur avec un mouvement lent, continu et inquiétant, comme le serpent qui se roule avant de s'immobiliser quand le soleil commence à le réchauffer.

– Ellis ! m'écriai-je, mais qui es-tu ? Dis-le moi !

Ellis se contenta de hausser les épaules.

675    J'étais vexé... je voulais me venger mais l'idée me vint de lui demander de m'emmener à Paris. « Là-bas, tu auras des raisons d'être jalouse ! » pensai-je.

– Ellis ! dis-je à haute voix, tu n'as pas peur des grandes villes comme Paris ?

680    – Non.

– Même des endroits où la lumière est vive, comme sur les boulevards ?

– Ce n'est pas la lumière du jour.

– Magnifique ! Alors emmène-moi sur le boulevard des Italiens[1].

685    Ellis me couvrit la tête avec l'extrémité de sa longue manche et je fus enveloppé par une sorte de brume blanche dont le parfum

---

1. **Le boulevard des Italiens** : un des quatre grands boulevards de Paris.

soporifique[1] ressemblait à celui du pavot[2]. La lumière et les
bruits disparurent simultanément et je perdis presque connaissance. Seule subsistait une sensation de vie qui n'était pas désa-
690 gréable. Puis l'obscurité s'effaça brusquement. Ellis avait retiré
sa manche, et je vis en bas des tas d'immeubles, de l'éclat, du
mouvement, du bruit... c'était Paris.


# XIX

J'étais déjà allé à Paris et compris tout de suite qu'Ellis se
dirigeait vers le jardin des Tuileries avec ses vieux marronniers,
695 ses grilles en fer, ses fossés de forteresse et ses zouaves en fac-
tion, semblables à des bêtes. En passant près du palais, puis de
l'Église Saint-Roch – dont les marches ont vu couler du sang
français pour la première fois sur ordre de Napoléon Ier ● – nous
fîmes une halte au-dessus du boulevard des Italiens – où Napo-
700 léon III fit la même chose avec le même succès. Une foule d'élé-
gants, jeunes ou vieux, d'ouvriers, de femmes vêtues de belles
robes se pressait sur les trottoirs ; les restaurants et les cafés
aux enseignes dorées brillaient de mille feux ; des omnibus[3] et
des coupés de toutes sortes allaient et venaient le long du bou-
705 levard ; la vie bouillonnait, resplendissait partout où l'on regardait. Bizarrement, je n'avais pas envie de quitter mes hauteurs,
pures, sombres, aériennes, je n'avais pas envie d'approcher cette
fourmilière humaine. Une vapeur brûlante, pesante et rougeâtre,

---

1. **Soporifique** : qui fait dormir.
2. **Pavot** : plante dont on extrait l'opium.
3. **Omnibus** : voiture fermée de transport en commun
   (s'arrêtant à tous les arrêts).

● Au temps de la Révolution
française, cette église se trouva
au cœur des combats, sa façade
criblée de trous en témoigne.

tantôt parfumée, tantôt nauséabonde, semblait monter de la rue :
710 tant de vies étaient entassées. J'hésitai... la voix stridente d'une
lorette¹, pareille à un cliquetis métallique, s'éleva soudain jusqu'à
moi. Cette voix arrogante qui s'exhibait me transperça comme le
dard d'un reptile. J'imaginai aussitôt un visage parisien carré,
avide et plat, aux traits figés, un regard d'usurière², du blanc, du
715 rouge, des cheveux bouffants et un bouquet de fausses fleurs aux
couleurs vives sous un chapeau pointu, des ongles raclés comme
des griffes, une crinoline en désordre... J'imaginai également un
de nos frères des steppes en train de courir comme un imbécile
derrière la poupée à vendre... si confus qu'il en devenait gros-
720 sier, grasseyant, essayant de mimer les manières des garçons du
Grand Véfour³, piaillant, s'empressant, se démenant – un senti-
ment de dégoût m'envahit...

« Non, pensai-je, Ellis n'aura pas de raisons d'être jalouse. »
Cependant, nous avions commencé à descendre lentement.
725 Paris venait à nous avec son vacarme et sa marmaille...

– Arrête-toi ! dis-je à Ellis. N'étouffes-tu pas ici ?

– C'est toi qui m'as demandé de venir.

– Je retire ce que j'ai dit. Emmène-moi loin d'ici, Ellis, je t'en
prie... Tiens, voici le comte Koulmametov qui traîne la patte
730 sur les boulevards, et son ami Serge Varaxine qui lui fait signe
de la main en criant : « Ivan Stépanitch, *allons souper* bientôt,
*j'ai engagé*● Rigolboche⁴ en personne ! » Emmène-moi loin de la

---

1. **Lorette** : au XIXᵉ siècle, jeune femme élégante et de mœurs
   faciles.
2. **Usurière** : personne qui prête de l'argent à un taux d'intérêt
   excessif.
3. **Le Grand Véfour** : grand restaurant parisien très à la mode
   au XIXᵉ siècle situé dans les jardins du Palais Royal.
4. **Rigolboche** : surnom d'une danseuse de bal célèbre
   au XIXᵉ siècle.

● « Allons souper » et « j'ai
engagé » sont en français dans
le texte. (*N.d.T.*)

Maison Dorée[1] et de Mabille[2], loin des gandins[3] et des biches, loin du Jockey-Club et du Figaro, loin des mentons rasés des sol-
735 dats et des casernes de gommeux[4], loin des sergents de ville à la barbe en pointe et des verres d'absinthe troubles, loin de ceux qui jouent aux dominos dans les cafés et de ceux qui jouent à la Bourse, loin des rubans rouges aux boutonnières des redingotes ou des manteaux, loin de Monsieur de Foy, inventeur de
740 la spécialité des mariages et des consultations gratuites du docteur Charles Albert, loin des conférences libérales, des brochures gouvernementales, loin des comédies parisiennes et des opéras parisiens, loin des bons mots parisiens et de l'ignorance parisienne... Le plus loin possible de tout ça● !
745 – Regarde en bas, me répondit Ellis, nous ne sommes déjà plus au-dessus de Paris.

En effet, une plaine sombre traversée par quelques routes aux contours blanchâtres défilait rapidement au-dessous de nous, tandis que derrière, sur l'horizon, les reflets des milliers de feux
750 de la capitale du monde montaient vers le ciel.

---

1. **Maison Dorée** : au XIXᵉ siècle, restaurant très réputé du Boulevard des Italiens.
2. **Mabille** : bal très en vogue au XIXᵉ siècle, fondé par les frères Mabille.
3. **Gandin** : jeune homme qui soigne son élégance de façon excessive.
4. **Gommeux** : jeune prétentieux et d'une élégance excessive.

● Paris est présenté comme un lieu de débauche et d'ignorance, superficiel et peu estimable, une sorte de miroir aux alouettes, clinquant mais totalement factice qu'il est préférable d'éviter.

# XX

Un voile me recouvrit à nouveau les yeux... je me laissai aller.

Lorsqu'il s'évapora, je vis un parc aux allées de tilleuls taillés, aux sapins épars pareils à des ombrelles, aux portiques et aux temples de style Pompadour[1], aux sculptures de satyres[2] et de
755 nymphes[3] de l'école berninienne●, aux tritons[4] rococo[5] sur des étangs arqués bordés de petits garde-fous en marbre noir. Peut-être était-ce Versailles ? Probablement pas ! Plus loin, un petit palais, de style rococo lui aussi, surgissait d'entre les chênes touf-fus. La lune brillait faiblement, tout enveloppée de brume, et une
760 fine fumée s'étendait sur le sol comme une nappe, on n'aurait pu dire si c'était le clair de lune ou du brouillard. Sur l'un des étangs, un cygne dormait : son dos fin et long était blanc comme la neige des steppes par temps de gel. Dans l'ombre bleuâtre du piédestal des statues, des lucioles brillaient comme des diamants.

765 — Nous sommes près de Mannheim[6], dit Ellis, c'est le jardin de Schwetzingen.

« Nous sommes donc en Allemagne ! », pensai-je. Je prêtai l'oreille et n'entendis que le ruissellement chantant d'une cascade,

---

1. **Style Pompadour** : le goût artistique de la Marquise de Pompadour, maîtresse puis amie de Louis XV a marqué son époque. Entre 1750 et 1774, le style Pompadour s'écarte des caprices de la rocaille et prélude au renouveau classique de l'époque Louis XVI.
2. **Satyres** : créatures masculines de la mythologie grecque, vivant dans la nature, accompagnant le dieu du vin Dionysos.
3. **Nymphes** : créatures mythologiques féminines, vivant dans la nature, d'une rare beauté, et associées à divers dieux comme Apollon ou Artémis.
4. **Tritons** : dans la mythologie grecque, divinités de la mer, mi-homme mi-poisson, équivalents masculins des sirènes.
5. **Rococo** : style à la mode au XVIIIᵉ siècle, caractérisé par l'abondance des ornements et des rocailles.
6. **Mannheim** : ville allemande du Bade-Wurtemberg, sur le Rhin.

● Ces sculptures sont baroques, à l'image de ce que faisait le sculpteur italien du XVIIᵉ siècle, Le Bernin.

isolée et invisible. On aurait dit qu'elle répétait sans cesse les
770 mêmes mots : « Là, là, là, toujours là. » Au beau milieu d'une
allée, entre les deux lignes de verdure taillée, il me sembla voir
un chevalier chaussé de talons rouges qui posait. Il portait un
habit cousu d'or, des manchettes brodées, une petite épée en
métal sur la hanche et donnait la main, en minaudant, à une
775 dame aux cheveux poudrés portant une robe ronde panachée.
Leurs visages étaient blafards, étranges... J'aurais voulu m'approcher d'eux, mais ils avaient déjà disparu et je n'entendais plus
que le ruissellement de l'eau.

    – Ce sont des rêves errants, murmura Ellis, hier on aurait pu
780 en voir beaucoup. Aujourd'hui, ils fuient le regard des hommes.
En avant !

    Nous montâmes encore plus haut et poursuivîmes notre vol,
souplement, modérément. On aurait dit que le décor défilait de
part et d'autre et que nous restions immobiles. Des montagnes
785 surgirent, sombres, courbes, couvertes par la forêt ; elles grossissaient et ondulaient en venant à notre rencontre avec leurs replis,
leurs dépressions, leurs prairies étroites, les cercles de lumière
formés par les hameaux endormis près des torrents, au fond des
vallées. Devant, d'autres montagnes grossissaient et ondulaient
790 encore. Nous étions au cœur de la Forêt-Noire[1].

    Des montagnes, encore des montagnes... et la forêt, magni-
fique, séculaire, puissante. Le ciel nocturne était clair, je pouvais
reconnaître chacune des essences et les contempler. Par endroits,
à la lisière de la forêt, des chèvres sauvages au corps fin, debout
795 sur leurs petites pattes, tournaient joliment la tête et dressaient
leurs oreilles arrondies. Sur le sommet d'une roche nue, une

---

1. **Forêt-Noire** : massif montagneux de l'Allemagne, en face
   des Vosges.

ruine mettait tristement en avant ses créneaux à moitié démolis tandis qu'au-dessus de ces vieilles pierres oubliées, une étoile dorée brillait faiblement et paisiblement. Pareil à une plainte
800 mystérieuse, le croassement gémissant de jeunes crapauds montait d'un petit lac presque noir. Il me semblait distinguer d'autres sons, plus longs, plus langoureux, pareils à ceux d'une harpe éolienne... Voilà donc le pays des légendes ! La fumée de lune délicate qui m'avait frappé à Schwetzingen s'étalait tout autour
805 et plus les montagnes s'ouvraient devant nous, plus cette fumée était épaisse. Je comptais jusqu'à dix tons différents sur les terrasses tandis que la lune, pensive, dominait ce tableau silencieux aux mille couleurs. L'air se faufilait partout avec mollesse et légèreté. Je me sentais moi-même léger dans ces hauteurs, à la fois
810 triste et apaisé...

– Ellis, tu dois aimer ce pays !

– Je n'aime rien.

– Comment ça ? Et moi ?

– Toi... oui ! répondit-elle avec indifférence.

815 J'eus l'impression que sa main serrait ma taille plus étroitement qu'avant.

– En avant ! dit-elle avec une certaine froideur.

– En avant ! répétai-je.

# XXI

Soudain, des cris perçants, puissants et modulés se propagèrent au-dessus de nous et se répétèrent aussitôt plus loin devant.

– Des grues ! dit Ellis. Elles sont en retard et filent chez vous, vers le nord. Veux-tu que nous nous joignions à elles ?

– Oh que oui ! Allons-y...

Nous prîmes notre élan et en quelques secondes nous étions près de la volée.

Les grues – on en comptait seulement treize – étaient magnifiques et puissantes. Elles volaient en chevron●, les battements peu fréquents de leurs ailes épaisses claquaient sèchement. La tête et les pattes étirées, la poitrine en avant, elles filaient avec vivacité et si rapidement que l'air sifflait autour d'elles. J'étais heureux de pouvoir être témoin de leur vie énergique et vigoureuse et de leur implacable volonté, à une telle altitude et à une telle distance de tout être vivant. Elles fendaient le ciel avec un air de triomphe et interpellaient par moments leur chef de file à l'avant. Les cris puissants de cet échange aérien étaient pleins de fierté, de gravité et d'une invincible assurance. « Nous y arriverons même si c'est difficile ! » semblaient-elles crier pour se réconforter. Je me dis alors que ces oiseaux possédaient des qualités que les hommes n'ont pas, ou rarement, que ce soit en Russie ou ailleurs.

– Nous volons maintenant vers la Russie, dit Ellis. Je remarquai une nouvelle fois qu'elle savait presque toujours ce que je pensais. Veux-tu rentrer ?

● Les grues volent en adoptant une formation qui a la forme d'un V renversé.

– Oui... quoique non ! Je suis allé à Paris, emmène-moi donc
845 à Saint-Pétersbourg.

– Maintenant ?

– Oui... Mais recouvre mon visage de ton voile, c'est plus
confortable. Ellis leva la main... mais avant que le brouillard ne
m'enveloppe, j'eus le temps de sentir sur mes lèvres l'effleure-
850 ment de la ventouse souple et fine.

## XXII

« À vos oorrrrdres ! » retentit soudain dans mes oreilles.
« À vos oorrrrdres ! » Désespéré, le cri résonnait dans le lointain.
« À vos orrrdres ! » Puis il faiblissait, comme s'il était à l'autre
bout du monde. Je tressaillis. La pointe dorée de la forteresse
855 Pierre-et-Paul[1] me sauta aux yeux.

Que cette nuit hivernale était pâle ! Mais était-ce vraiment la
nuit ou bien un jour malade et blême ? Je n'avais jamais aimé
les nuits pétersbourgeoises et cette fois-ci, j'en fus effrayé : la silhouette d'Ellis disparut complètement, fondit comme la brume
860 matinale sous le soleil de juillet et je vis clairement mon corps
pendre, seul et lourd, près de la colonne Alexandre. Voilà Saint-
Pétersbourg ! Je reconnaissais bien la ville avec ses rues vides,
larges et grises, ses maisons couleur blanc grisâtre, jaune grisâtre ou mauve grisâtre, repeintes ou défraîchies, ses fenêtres
865 enfoncées, ses enseignes bariolées, ses auvents en métal au-dessus des entrées et ses baraques à légumes indigentes ; ses fron-
tons, ses pancartes, ses cahutes, ses abreuvoirs creusés dans des

---

1. **Forteresse Pierre-et-Paul** : fondée par Pierre le Grand en 1702, à Saint-
Pétersbourg, conçue pour protéger le lieu contre les attaques, elle contient
plusieurs bâtiments, en particulier la cathédrale Pierre-et-Paul où sont enterrés
les tsars.

troncs d'arbre ; la coupole dorée de la cathédrale Saint-Isaac ; le
bâtiment de la Bourse, hétéroclite et inutile, les murs en granit
870 de la forteresse et la chaussée en bois cassée ; les péniches où
s'entassent le foin et le bois ; les odeurs de poussière, de choux,
de nattes en tille[1] et d'écuries, les portiers figés dans leurs tou-
loupes[2] près des portes, les cochers livides recroquevillés dans
leur sommeil sur des voitures défoncées... c'était bien notre
875 Venise du Nord. Tout était visible alentour, tout était évident, précis jusqu'à l'horreur ; toute la ville semblait tristement endormie,
étrangement entassée et ressortait dans cette atmosphère pâle et
transparente. La couleur rouge du crépuscule, celle des bacilles
tuberculeux●, n'avait pas encore quitté le ciel blanc sans étoile et
880 ne le quitterait pas avant le matin ; elle s'étalait en bandes sur la
surface soyeuse de la Neva qui ondulait à peine et pressait ses
eaux bleues et froides d'avancer...

– Partons, implora Ellis.

Sans attendre ma réponse, elle me fit traverser la Neva et la
885 place du Palais en direction de la perspective Liteïny. On entendait des pas et des voix : un groupe de jeunes gens aux visages
émaciés parlaient de cours de danse, un soldat à moitié endormi
qui montait la garde près d'une pyramide de boulets de canon
rouillés se mit à crier « Sous-lieutenant Stolpakov numéro
890 sept ! », tandis qu'un peu plus loin, près de la fenêtre ouverte
d'une grande maison, on apercevait une jeune fille vêtue d'une
robe sans manches, en soie froissée, résille de perles dans les
cheveux et cigarette à la bouche, lisant pieusement un recueil
sans doute écrit par un nouveau Juvénal●.

---

1. **Tille ou teille** : écorce de la tige
   du chanvre.
2. **Touloupe** : manteau en peau de mouton
   porté par les paysans russes.

● Bacilles apportant la tuberculose, apparaissant
: dans des expectorations mêlées de sang.

● Juvénal est un poète latin du 1er-IIe siècle ap. J.-C.

895 — Allons-y ! dis-je à Ellis.

Moins d'une minute plus tard, je voyais défiler les forêts ver-
moulues de sapins et les marais recouverts de mousse qui entouraient Saint-Pétersbourg. Nous nous dirigions droit vers le sud et
le ciel et la terre s'assombrissaient lentement. Cette nuit insensée,
900 cette journée démente et cette ville démente étaient déjà derrière.

# XXIII

Nous volions plus tranquillement que d'habitude et je pouvais
voir les espaces immenses de ma terre natale se dérouler progressivement devant moi comme des rouleaux de panorama[1] inter-
minables. Des bois, des buissons, des champs, des ravins, des
905 rivières, plus rarement des villages, des églises, puis à nouveau
des champs, des bois, des buissons, des ravins... De la tristesse
et un ennui teinté d'indifférence m'envahirent, non pas parce
que je survolais la Russie mais parce que je pensais à la terre
elle-même, à la surface plane qui s'étalait en dessous de moi,
910 au globe terrestre avec ses habitants de passage, impuissants,
éprouvés par le besoin, les malheurs, les maladies, attachés à une
motte de poussière méprisable, une écorce rugueuse et fragile,
une protubérance[2] sur le grain de sable embrasé de notre planète
qui transpire la moisissure, appelée règne végétal ; je pensais
915 aux hommes, pareils à des mouches et plus insignifiants encore
qu'elles, à leurs maisons boueuses, aux traces infimes que laisse

---

1. **Rouleaux de panorama** : le paysage se déroule devant
   les yeux du narrateur comme s'il s'agissait d'un rouleau
   de papier que l'on défaisait.
2. **Protubérance** : excroissance.

leur vacarme dérisoire et monotone, à leur lutte désopilante avec ce qui est immuable et inéluctable... et toutes ces choses m'ont soudain rempli de dégoût. Je n'avais plus envie de regarder ces
920 tableaux insignifiants, cet étalage répugnant qui me retournait lentement le cœur. Ce que je ressentais était bien pire que l'ennui. Je n'avais aucune compassion pour le genre humain, tous mes sentiments s'étaient fondus en un seul, le dégoût, et pire encore, le dégoût de moi-même.

925 – Arrête ! murmura Ellis. Arrête avant que je ne puisse plus te porter. Tu es de plus en plus lourd●.

– À la maison ! lui répondis-je avec la voix que je prenais pour m'adresser à mon cocher quand je sortais à quatre heures du matin de chez mes amis moscovites, avec qui je bavardais depuis
930 le déjeuner sur l'avenir de la Russie et le sens des communes rurales. À la maison ! répétai-je avant de fermer les yeux.

## XXIV

Je les rouvris vite. Ellis se serrait étrangement contre moi, comme si elle me poussait. Je levai mon regard vers elle, et mon sang ne fit qu'un tour. Celui qui a déjà lu sur le visage d'un autre
935 une expression soudaine de terreur profonde dont il ne connaît pas la raison me comprendra. Cette terreur absolue tordait, défigurait le visage blême et presque effacé d'Ellis. Je n'avais jamais vu une telle expression sur un être humain. Elle était devenue une apparition sans vie, brumeuse, une ombre. La peur la paralysait.

● Le narrateur qui a « le cœur lourd » en pensant au genre humain devient physiquement lourd.

940    — Ellis, que t'arrive-t-il ? dis-je enfin.

     — Elle... répondit-elle avec effort, elle est là !

     — Qui ça ?

     — Ne prononce pas son nom, surtout pas ! balbutia Ellis avec hâte. Il faut se sauver, sinon ce sera la fin... et pour toujours.

945 Regarde là-bas ! Je tournai la tête vers l'endroit que désignait sa main tremblante et vit quelque chose d'horrible et difforme. Quelque chose de lourd, sombre, noir, jaunâtre et bariolé, comme le ventre d'un lézard, se déplaçait au-dessus de la terre, lentement, comme un serpent. Son mouvement large et cadencé

950 faisait penser au moment fatal où le rapace qui cherche sa proie déploie ses ailes ; elle se collait de temps à autre contre le sol, dégoûtamment, sans raison, comme l'araignée sur la mouche qu'elle a attrapée. Cette masse menaçante était-elle une chose ou un être ? Son souffle anéantissait et paralysait tout, je le voyais

955 et le sentais. Elle dégageait un froid malsain et pestilentiel qui donnait la nausée, brouillait la vue et dressait les cheveux sur la tête. Cette force toute-puissante avançait, sans rival, sans yeux, ni forme, ni sens... mais elle percevait tout, savait tout et choisissait ses victimes comme un rapace, comme un serpent qui écrase et

960 lèche avec son dard gelé.

     — Ellis ! Ellis ! criai-je avec frénésie. C'est la mort ! C'est elle !

     Un son plaintif, que j'avais déjà entendu auparavant, sortit des lèvres d'Ellis. Il ressemblait cette fois à la lamentation désespérée d'un être humain. Nous continuâmes notre vol dont les courbes

965 m'effrayaient ; Ellis faisait des culbutes dans l'air, tombait, se jetait d'un côté puis de l'autre, comme une perdrix mortellement blessée qui voudrait éloigner un prédateur de ses petits. Cependant, derrière nous, à l'écart de cette masse d'une indicible horreur, se traînaient de longs rejetons ondulés qui ressemblaient

⁹⁷⁰ à des mains tendues, des griffes. Soudain, une silhouette gigantesque enveloppée d'un tissu et montée sur un cheval pâle surgit et s'éleva jusqu'au ciel. Ellis s'agita, plus inquiète et plus désespérée encore. Je l'entendais murmurer par intermittence : « Elle a vu ! Tout est fini... Malheur à moi ! J'aurais pu profiter de la vie...
⁹⁷⁵ Maintenant ce sera le néant ! »

C'était insupportable... Je défaillis.

## XXV

Quand je revins à moi, j'étais allongé dans l'herbe, sur le dos, avec l'impression que tout mon corps était fracturé. Le jour commençait à poindre dans le ciel et je pouvais distinguer clairement
980 les choses qui m'entouraient. Le long du petit bois de bouleaux, pas très loin de moi, passait une route plantée de saules : ce coin ne m'était pas inconnu. Peu à peu mon aventure me revint à l'esprit et je frissonnai en pensant à cette vision hideuse...

« De quoi Ellis a-t-elle eu peur ? pensai-je. Serait-elle sous
985 son emprise ? N'est-elle donc pas immortelle ? Serait-il possible qu'elle soit condamnée au néant, à la destruction ? »

J'entendis un faible gémissement et tournai la tête. À deux pas de moi, une jeune femme en robe blanche se trouvait étendue, immobile. Ses cheveux épais étaient éparpillés sur le sol, ses
990 épaules dénudées, une de ses mains était rejetée derrière sa tête, l'autre sur sa poitrine. Ses yeux étaient fermés et une mousse légère, couleur vermeille, sortait de ses lèvres serrées.

« Ellis est une apparition, pas une femme, pensai-je, cela ne peut pas être elle. »
995 Je rampai et me penchai sur son visage.

– Ellis ? Est-ce toi ? m'écriai-je. Soudain, ses joues tremblèrent et se soulevèrent ; elle me dévora de son regard noir et perçant puis de ses lèvres tièdes et humides qui sentaient le sang. Ses mains souples s'enroulèrent autour de mon cou, sa poitrine
1000 chaude et opulente se colla convulsivement contre la mienne.

– Adieu ! À jamais ! prononça sa voix à l'agonie, puis tout disparut.

Je me levai, titubant comme si j'avais bu, me frottai plusieurs fois le visage avec les mains et regardai attentivement autour de moi. Je me trouvais près de la grand route, à deux kilomètres de
1005 ma propriété. Quand je rentrai chez moi, le soleil se levait déjà.

Les nuits suivantes, j'attendis mon apparition (non sans peur je l'avoue) mais elle ne vint plus. Un soir, à l'approche du crépuscule, je me rendis même près du vieux chêne, mais rien ne se passa. Au fond, je ne regrettais pas vraiment que cette relation étrange ait pris fin. Je réfléchis longtemps à cette histoire incompréhensible et presque absurde, que la science ne pouvait pas expliquer et que les contes n'avaient jamais relatée. Qui était Ellis en réalité ? Une vision, une âme errante, un mauvais esprit, une sylphide[1] ou bien un vampire ? J'avais parfois l'impression que c'était une femme que j'avais connue autrefois, et je faisais des efforts immenses pour me souvenir où je l'avais vue. Je crus parfois trouver. Puis tout s'embrumait comme dans un rêve. Mes réflexions, comme de juste, ne menèrent à rien mais je ne demandai conseil à aucun de mes amis, craignant de passer pour un fou. J'abandonnai cette histoire, occupé par l'émancipation des serfs et la répartition des terres. Qui plus est, je souffrais d'encombrements, d'insomnies et de toux, je m'asséchais, j'avais le teint jaune des mourants. Le docteur m'assura que je manquais de sang, me dit que cette maladie portait le nom grec d'anémie et m'envoya à Gastein[2]. Pendant ce temps, mon second jurait ses grands dieux « qu'il ne s'en sortait pas » sans moi avec les paysans... Qu'il se débrouille donc !

Mais d'où proviennent les sons d'harmonica parfaitement nets et clairs que j'entends dès que l'on parle devant moi de la mort de quelqu'un ? Ils résonnent de plus en plus fort, de plus en plus distinctement... Et pour quelle raison suis-je parcouru par des frissons pénibles à la seule pensée du néant ?

---

1. **Sylphide** : génie de l'air des mythologies celte et germanique.
2. **Gastein** : station thermale autrichienne.

Église Saint Basile à Moscou. Gravure, XIX<sup>e</sup> siècle. Collection privée.

*Le Nez*
et autres nouvelles russes

# Trois nouvelles russes fantastiques

REPÈRES

PARCOURS DE L'ŒUVRE

TEXTES ET IMAGE

# La littérature russe au XIX<sup>e</sup> siècle

*Le XIX<sup>e</sup> siècle est considéré comme l'âge d'or de la littérature russe. Alexandre Serguéiévitch Pouchkine (1799-1837), poète et romancier, impose l'usage, en littérature, du russe tel qu'il était parlé et donne à cette langue son élégance, sa richesse et sa pureté. Le genre narratif se développe particulièrement à partir de 1830 et tend rapidement sous l'influence de la pensée européenne à devenir l'instrument de la critique sociale et politique. Vers la fin du siècle, un théâtre à l'esprit spécifiquement russe émerge avec Anton Tchékhov.*

● **L'ÂGE D'OR DES GENRES\* NARRATIFS**

Entre 1830 et 1840, la littérature russe trouve sa place en Europe grâce à quelques chefs-d'œuvre. Ainsi Pouchkine fait paraître, en 1831, le recueil de nouvelles *Les Récits de feu Ivan Petrovitch Bielkine*. À la même époque, Mikhaïl Lermontov (1814-1841) écrit *Un héros de notre temps* et Nicolas Gogol, considéré comme le créateur du roman russe, publie la nouvelle *Le Nez* et son roman *Les Âmes mortes*, où il critique l'absolutisme du tsar, la corruption de l'administration et l'injustice du servage.

*Le Marchand de cercueils est extrait de ce recueil.*

D'autres très grands romanciers, Fédor Dostoïevski (1821-1881) et Léon Tolstoï (1828-1910), les suivront.

## Fédor Dostoïevski

*Fédor Dostoïevski a une excellente connaissance de la littérature européenne. Son écrivain favori est Honoré de Balzac dont il traduit, en 1844, Eugénie Grandet puis s'en inspire pour son premier roman. Il dépeint dans ses écrits les âmes humaines avec leurs contradictions et leur destin tragique.*

*Parmi ses nombreux chefs-d'œuvre on peut citer par exemple Crime et Châtiment (1866), mais également L'Idiot (1868) ou encore Les Frères Karamazov (1880).*

### Léon Tolstoï

*Léon Tolstoï échappe à toute classification, à tout parti pris, il domine son époque et la littérature russe du xixᵉ siècle. Son chef-d'œuvre, écrit en six ans (1863-1869), Guerre et Paix, évoque en particulier la prise de Moscou par Napoléon et son incendie, au début du xixᵉ siècle. On raconte que sa femme Sonia, qui n'avait ni ordinateur ni machine à écrire, a recopié à la main sept fois les six volumes de Guerre et paix pour effectuer les corrections successives apportées par l'écrivain à son manuscrit !*

### ● L'INFLUENCE OCCIDENTALE

À partir du milieu du xixᵉ siècle, la littérature russe est entièrement au service de la dénonciation de l'injustice et de l'oppression. Dans les années 1860, une des tendances de l'élite intellectuelle de la société russe, *l'intelligentsia*, très au courant de la pensée européenne, est de se tourner vers une vision réaliste* et matérialiste du monde et de réclamer des réformes, voire de souhaiter la révolution paysanne. Ce même réalisme se trouve dans la littérature française mais le réalisme russe se veut utilitaire et s'associe aux grands mouvements idéologiques.

### Tourgueniev, un *occidentaliste*

*Ivan Tourgueniev appartient à cette génération qui a lutté contre l'injustice et l'esclavage. Il trouve en France la liberté d'expression dont il rêve pour tous les Russes dans leur pays. Il se positionne comme un occidentaliste tourné vers les modèles européens et critique les défauts de la société russe pour réveiller la conscience populaire et lui permettre d'évoluer vers la démocratisation et le libéralisme.*

La littérature russe réaliste se trouve alors véritablement instrumentalisée. L'art n'a plus vocation à donner un certain plaisir esthétique mais bien à répandre les idées qui permettront au peuple d'échapper à l'oppression. Les critiques littéraires par le biais des revues jouent dans ce domaine un rôle déterminant en invitant les auteurs à l'engagement social. La valeur de la poésie est sérieusement remise en question par certains qui la trouvent inutile.

## ● ANTON TCHEKHOV

À la fin du XIXe siècle, apparaît une très grande figure du théâtre russe : il s'agit d'Anton Tchekhov (1860-1904). D'abord médecin, il écrit pour son plaisir des *nouvelles**.

*« La médecine est ma femme légitime et la littérature ma maîtresse » dit-il en 1888 à un de ses amis.*

Sa première pièce de théâtre, *La Mouette* en 1896, est un échec, mais dès 1897, *Oncle Vania* triomphe, tout comme *Les Trois sœurs* en 1901 et *La Cerisaie* en 1904.

Dans son théâtre, il n'y a pas de héros, il n'y a pas non plus de gentils, ni de méchants, mais seulement des gens qui essaient de vivre avec leurs défauts et leurs qualités, et qui finissent bien par mourir.

### Une mort théâtrale

*Anton Tchekhov est mort en Allemagne où il s'était rendu pour une cure alors qu'il était atteint de tuberculose. On raconte qu'au médecin qui s'est précipité à son chevet, il dit en allemand « ich sterbe » (« je meurs »). On lui fit alors une piqûre de camphre et on lui apporta du champagne. Il le but tranquillement après avoir dit : « Je n'avais pas bu de champagne depuis longtemps. » Il se tourna sur le côté et rendit son dernier souffle...*

*La Mouette*, comédi d'Anton Tchekhov (1860-1904). Dessi de Gerd Hartung (1913-2003). Représentation au Schiller-Theater Berlin, 1988. Feutre sur Papier, 21 x 29,7 cm. Collection particulière.

# e fantastique russe : du conte
# opulaire au fantastique grotesque

*La sorcière Baba Yaga est un des personnages bien connus des légendes populaires russes. Ses pouvoirs effrayants et malfaisants ne sont pas à la mesure des humains et sa manière d'agir est proche de celle des créatures fantastiques\*. Entre cette sorcière et un être venu de l'au-delà, dangereux pour les vivants, la distance est faible.*

## ● MERVEILLEUX POPULAIRE ET IMAGINATION FANTASTIQUE

Les thèmes et intrigues\* des contes populaires russes offrent au lecteur une large palette où se croisent sorcières et fées, gentils et méchants, pouvoirs magiques et dons surnaturels\*. Certaines histoires ont fait le tour du monde comme celle du *Pauvre pêcheur et du poisson d'or*, de *La Moufle*, ou encore de *L'Oiseau de feu*... Les animaux parlent, les esprits rendent visite aux humains, l'homme y est le jouet d'un destin qu'il ignore...

Entre ces légendes merveilleuses et les récits fantastiques, il n'y a qu'un pas qu'Alexandre Pouchkine a franchi en publiant, en 1830, *Les Récits de feu Ivan Petrovitch Belkine* dans lesquels figure *Le Marchand de cercueils*. Dans cette nouvelle, les morts viennent se mêler aux vivants et leur demandent de rendre des comptes, prêts à se venger en les entraînant dans la mort.

*L'Oiseau de feu est un conte dansé en deux tableaux d'après un conte national russe, dont la musique a été composée par Igor Stravinski en 1909-1910. Il s'agit du premier grand ballet du musicien, qui le rendit instantanément célèbre.*

Conte de fées : *Baba Yaga et les jeunes filles oiseaux*, illustration (1902) de Ivan Bilibine (1876-1942). Aquarelle, gouache et crayon sur papier. Moscou, Musée Pouchkine.

## Clin d'œil amusé

*Alexandre Pouchkine dédramatise volontiers la situation dans sa nouvelle* Le Marchand de cercueils *: au moment le plus angoissant, quand le marchand va être mis en pièces par des morts-vivants, le texte mentionne la mâchoire d'un petit squelette qui sourit tendrement, et un pauvre homme qui reste sagement dans un coin, façon de nous dire que nous ne devons pas prendre la situation trop au sérieux.*

## ● LE RÉALISME FANTASTIQUE

Dès lors le fantastique devient un genre privilégié de la littérature russe : les vampires qui tentent d'aspirer vers eux en les séduisant les vivants sont particulièrement légions. C'est le cas par exemple de la mystérieuse Ellis qui hante le narrateur d'*Apparitions* d'Ivan Serguéievitch Tourgueniev, ou encore du vieux Gorcha dans *La famille du Vourdalak* d'*Alexis Konstantinovitch Tolstoï*.

*Alexéï Tolstoï (1817-1875) est né à Saint Pétesbourg dans la famille des comtes Tolstoï. Il est un cousin éloigné de Léon Tolstoï. Poète russe, il est également auteur de pièces de théâtre.*

## Extrait de *La famille du Vourdalak*

« *Je sentis dans la chambre cette odeur nauséabonde répandue habituellement par des tombeaux mal fermés. [...] Mes regards tombèrent alors sur la fenêtre et je vis l'odieux Gorcha, appuyé sur un pieu ensanglanté et fixant sur moi des yeux de hyène. [...] Et au-dehors, j'entendis une voix de femme et des cris d'enfants, mais si affreux qu'on aurait pu croire qu'il s'agissait de hurlements de chats sauvages. [...] Si j'avais succombé à mes ennemis, je serai devenu à mon tour vampire...* »

A.-K. Tolstoï, La famille du Vourdalak, *1839.*

Cependant cette littérature fantastique va réellement trouver son identité et son originalité avec des œuvres réalistes* empreintes d'une grande sincérité et d'une certaine inquiétude, comme par exemple dans *Le Manteau* de Nicolas Gogol. Cette nouvelle fantastique montre un héros timoré et mal aimé, mal à l'aise avec ses pairs, incapable de formuler clairement ce qu'il désire. Il ne trouve l'accomplissement total de son désir et la vengeance qu'au-delà de la mort, en tourmentant les vivants.

*Le Manteau a été publié pour la première fois dans les Œuvres complètes de Gogol en 1843, parmi les nouvelles du recueil\* intitulé Les Nouvelles de Pétersbourg (comprenant aussi Le Nez).*

## ● LE GROTESQUE

Mais Nicolas Gogol va introduire un changement de nature assez profond par rapport à la tradition fantastique dans certains de ses contes fantastiques, comme par exemple dans *Le Nez* ou encore dans *Le Journal d'un fou*, publiés dans le recueil des *Nouvelles de Saint-Pétersbourg*. En effet, dans ces deux nouvelles, la peur joue un rôle négligeable ; en revanche, l'absurde et le grotesque y deviennent un élément essentiel.

Nicolas Gogol sera suivi sur cette voie par d'autres écrivains russes comme notamment Fédor Dostoïevski dans *Le Double*.

*Sous-titré Poèmes pétersbourgeois, Le Double est le second récit de Fédor Dostoïevski, entamé en 1845 et finalisé en 1846. Mais, il ne fut pas accueilli par la critique avec le même enthousiasme que son premier roman, Les pauvres gens, paru un peu plus tôt en 1846.*

### Le corps humain et le fantastique

*La partie détachée du corps humain est un thème récurrent de la littérature fantastique. Cette partie livrée à elle-même devient malfaisante pour le genre humain. En France, La Main d'écorché de Guy de Maupassant, ou encore La Main du même auteur, en sont de beaux exemples. Mais rien de tel avec Le Nez de Nicolas Gogol.*

# Étape I • Analyser une scène fantastique

**SUPPORT :** *Le Marchand de cercueils* (p. 18 à 23, l. 162 à 275)

**OBJECTIF :** Étudier l'irruption du fantastique dans le récit.

## As-tu bien lu ?

**1** Qui est Adrian ?
  ☐ un cordonnier
  ☐ un marchand de cercueils
  ☐ un sergent de ville

**2** Que fait Adrian après avoir appris la mort de Trioukhina ?

**3** Pourquoi Adrian veut-il appeler à la rescousse son ami Yourko ?
  ☐ parce qu'il a peur de marcher seul dans la nuit.
  ☐ parce que sa porte est bloquée.
  ☐ parce qu'il pense qu'un voleur rentre chez lui.

**4** Pourquoi des morts-vivants vont et viennent dans la maison d'Adrian ?

## Un cadre réaliste (l. 162 à 188)

**5** Détermine les circonstances dans lesquelles se déroulent ces actions.
  **a.** À quelle heure vient-on réveiller Adrian ?
  **b.** Où se rend-il avec son cocher ?
  **c.** Combien de temps passe-t-il à tout arranger ?

**6** Poursuis le relevé des verbes ayant pour sujet « le marchand de cercueils » ou « Adrian ».
  « Le marchand de cercueils le remercia, lui donna une pièce, s'habilla
  . . . . . . . . . . . . . . . . . . . . . . . . . . . . . . . . . . . . . . . . . . . . . . . . . . . . . . . . . . . . . . .
  Le marchand de cercueils arriva sans heurt à Nikitskaïa. »

**7** Cite tous les personnages que côtoie Adrian.

## La montée de la peur (l. 188 à 249)

**8** D'après Adrian, qui peut être « l'ombre » (l. 190) qui s'approche de sa porte et se cache derrière ?

**9** Quand il entre chez lui dans la pièce (l. 211), pourquoi « ses jambes se mirent à flageoler » ?

**10** Complète le tableau suivant :

| Ces objets | appartiennent à : |
|---|---|
| Les haillons | |
| Les coiffes et les rubans | |
| Le costume | |
| Le caftan des grands jours | |
| Les grandes bottes | |

**11** Quelles attitudes des morts font « perdre son sang-froid » (l. 248) à Adrian ?

## La langue et le style

**12** Dans les lignes 212 à 225, montre les procédés de style qui permettent de rendre la description plus précise et plus réaliste, en relevant une énumération et une accumulation* de termes.

**13** Relève tous les mots du champ lexical de la peur (l. 211 à 249).

## Faire le bilan

**14** Pour mettre en évidence la progression du fantastique dans *Le Marchand de cercueils*, remets dans l'ordre ces événements, en les numérotant de 1 à 7 :

☐ Adrian est entouré de morts-vivants.

☐ Adrian est légèrement troublé et inquiet.

☐ Adrian rentre chez lui le soir après avoir fini son travail.

☐ Adrian s'évanouit de peur.

☐ Le marchand de cercueils remarque une présence anormale, puis une autre.

☐ Le marchand de cercueils se livre à ses activités habituelles.

☐ Les morts-vivants sont de plus en plus agressifs avec Adrian.

## À toi de jouer

**15** Poursuis le récit fantastique en imaginant ce qui se serait passé si Adrian ne s'était pas évanoui : « Adrian tomba sur les os brisés du sergent de la garde en retraite et... »

# Étape 2 • Étudier le dénouement et conclure sur le registre de la nouvelle

**SUPPORT :** *Le Marchand de cercueils* (p. 12-23)

**OBJECTIF :** Mettre en évidence le primat de l'explication rationnelle dans la nouvelle fantastique.

## As-tu bien lu ?

**1** Quand Adrian rentre chez lui, après le banquet chez son voisin Gotlieb Schultz, il est :
- ☐ ivre et joyeux
- ☐ joyeux et fatigué
- ☒ ivre et fâché
- ☐ inquiet et effrayé
- ☐ éméché et bruyant

**2** Quelle décision a pris Adrian avant de « filer se coucher » (l. 160) ?
*de inviter des morts pour sa pandaison de crémaillère*

**3** Au moment où sa domestique lui tend sa robe de chambre (l. 259) :
- ☒ Adrian comprend qu'il ne s'est rien passé avec les morts-vivants.
- ☒ Adrian ne se rappelle pas bien ce qu'il s'est passé avec Kourilkine.
- ☐ Adrian pense que les morts-vivants étaient vraiment chez lui.

**4** Relève l'adjectif qualificatif qui montre qu'Adrian a enfin tout compris.
*"content"*

## Un dénouement* inattendu

**5** Complète le tableau avec les indicateurs temporels* du texte :

| Actions d'Adrian | Indicateurs temporels |
|---|---|
| 1. Il sort de sa nouvelle maison et se rend chez son voisin. | *le lendemain, midi après* |
| 2. Il est vexé mais tout le monde continue à trinquer. | *mais* |
| 3. Le commis de Trioukhina vient réveiller Adrian. | *il faisait encore nuit qd* |
| 4. Adrian fait des allers-retours de Razgouliaï à Nikitskaïa. | *il passa la journée à* |
| 5. Il libère son cocher et rentre chez lui. | |
| 6. Il ouvre les yeux et voit devant lui sa domestique. | *enfin* |

**6** D'après les éléments du tableau précédent, le déroulement des événements est-il rigoureusement chronologique ou présente-t-il des incohérences qui permettent de deviner la fin ?

112

**7** Comment Axinia explique-t-elle les questions incompréhensibles que lui pose Adrian en se réveillant ?

**8** Relève la phrase d'Axinia qui te permet de comprendre qu'aucun mort n'est revenu chez Adrian.

## Une explication rassurante

**9** Adrian a simplement fait un cauchemar. Quelles bêtises avait-il raconté avant de s'endormir ? Pourquoi ?

**10** D'après toi, la chute* qui marque la fin du récit du « Marchand de cercueils » permet :
☐ de ne pas prendre trop au sérieux l'histoire.
☐ de donner au récit la forme d'une nouvelle.
☐ de rendre l'histoire plus réaliste.
☐ de faire apparaître une morale.

## La langue et le style

**11** Indique le temps des verbes soulignés : « À ce moment-là, un petit squelette se <u>faufila</u> à travers le groupe et <u>s'approcha</u> d'Adrian. Sa mâchoire <u>souriait</u> tendrement au marchand de cercueils. »

**12** Place ces verbes dans un tableau de façon à faire apparaître la valeur du temps de chacun (action achevée/en cours de déroulement).

## Faire le bilan

**13** Pouchkine mêle le fantastique à un récit divertissant et réaliste.
**a.** Relève les éléments du rêve qui te semblent plus drôles qu'angoissants.
**b.** Montre que le caractère du marchand de cercueils s'est amélioré en étudiant son attitude vis-à-vis de ses filles (l. 13-14 et 275).

## Donne ton avis

**14** L'explication du fantastique qui apparaît ici te satisfait sans doute, mais peut-être aurais-tu préféré une fin sans explication rationnelle. Selon ton choix, trouve deux arguments et explique ta préférence.

# Étape 3 • Observer le déroulement des événements

**SUPPORT :** Le Nez (p. 24-57)

**OBJECTIF :** Analyser la composition du récit et mettre en évidence l'aspect onirique* des événements.

## As-tu bien lu ?

**1** Quel est le métier d'Ivan Iakovlévitch ? et de Platon Kouzmitch Kovaliov ?

**2** Complète entièrement le tableau :

| Chapitre | Date | Nom | Action | Nom de l'objet |
|---|---|---|---|---|
| I | ............ | ............ | trouve dans son pain du matin | ............ |
| II | Le 25 mars | Kovaliov | constate à son réveil la disparition | ............ |
| III | ............ | ............ | .................................... | son nez |

**3** Dans le chapitre II, le conseiller d'État qui descend d'un fiacre est :
- ☐ l'ami de Kovaliov
- ☐ le collègue de Kovaliov
- ☐ le nez de Kovaliov
- ☐ le voisin de Kovaliov

## Le schéma narratif

**4** Quelle est la situation initiale ? Pour le barbier ? et pour Kovaliov ?

**5** Quel est l'élément perturbateur ?

**6** Complète le tableau pour mettre en évidence le déroulement des événements :

| | | | |
|---|---|---|---|
| 1re péripétie* | Kovaliov tente en vain de voir le préfet | 5e péripétie | il ne peut pas remettre son nez |
| 2e péripétie | il veut publier article | 6e péripétie | il va voir le docteur |
| 3e péripétie | il va voir le commissaire | 7e péripétie | il écrit à Mme Podtotchina |
| 4e péripétie | On rapporte à Kovaliov son nez | 8e péripétie | Kovaliov comprend que Mme Podtotchina n'y est pour rien |

**7** Quel est le dénouement ?

## Une histoire invraisemblable

**8** Qu'y a-t-il d'invraisemblable :
   – dans la découverte du barbier (chapitre I) ?
   – dans la présence du conseiller d'État (chapitre II) ?
   – dans le dénouement (chapitre III) ?

**9** Caractérise l'attitude adoptée par chaque témoin de l'événement
(le conseiller d'État, le journaliste, le commissaire, la population
de Saint-Pétersbourg, le médecin). Montrent-ils de l'indifférence,
du mépris, de la curiosité ou de l'étonnement ?

**10** Quand le fonctionnaire de police rapporte à Kovaliov son nez, quels
éléments de son récit sont délirants mais confirment ce que tu as appris
au début du texte?

## La langue et le style

**11** « Des tas de voitures filaient dans tous les sens à toute vitesse, si bien
qu'il était difficile de distinguer quoi que ce soit » (l. 286-287)
   **a.** Quelle relation logique existe entre les deux propositions de cette phrase ?
   **b.** Modifie la phrase pour faire apparaître la relation logique inverse.

## Faire le bilan

**12** Le mot russe qui veut dire « nez » (« nos ») est l'anagramme du mot qui
veut dire « sommeil, rêve » (« son »). Tu peux voir dans ce récit structuré
mais un peu fou les ressemblances avec un rêve.
   **a.** Relève à quels moments du schéma narratif l'enchaînement du récit
   est interrompu par du brouillard.
   **b.** Quel objet et quel personnage disparaissent de façon inexpliquée ?
   **c.** Quels actes désirés par Kovaliov n'aboutissent pas ?
   **d.** Les personnages sont-ils envahis par la peur comme dans un récit
   fantastique ?

## À toi de jouer

**3** À la fin du texte, Gogol affirme que « ce genre d'événements, même
rare, peut se produire », alors qu'il disait un peu avant que c'était
« inconcevable ». Dans nos rêves justement, tout peut se produire...
Raconte un rêve « inconcevable » que tu as fait ou inventes-en un.

# Étape 4 • Caractériser les personnages de la nouvelle

**SUPPORT :** *Le Nez* (p. 24-57)

**OBJECTIF :** Étudier les personnages principaux et la galerie des types sociaux qu'offrent les personnages secondaires ; mettre au jour le contenu satirique* de la nouvelle.

## As-tu bien lu ?

**1** Les personnages du *Nez* appartiennent majoritairement :
☐ à la haute noblesse          ☐ à la petite noblesse
☐ à la bourgeoisie             ☐ au prolétariat

**2** Dans quel(s) lieu(x) de Saint-Pétersbourg Kovaliov a-t-il l'habitude de se promener ?
☐ sur la perspective Nevski    ☐ sur le pont Saint-Isaac
☐ au bord de la Néva           ☐ dans la cathédrale Saint-Isaac

**3** Relève les phrases qui permettent de savoir où le barbier exerce son métier

## Les habitants de Saint-Pétersbourg

**4** Fais la fiche d'identité du personnage principal en indiquant : ses nom, prénom et patronyme, son lieu d'habitation, sa profession, ses études, son ambition personnelle, ses activités quotidiennes, sa situation de famille et ses idées sur le mariage.

**5** Cite six métiers différents, exercés par les autres personnages.

**6** Pourquoi les deux femmes mariées du texte, Pélaguéïa Grigorievna Podtotchina et Praskovia Ossipovna, ne nous sont-elles pas sympathiques ? De quoi sont-elles accusées ?

**7** À qui appartiennent ces accessoires vestimentaires ?
– Des bottes fortes et une épée : . . . . . . . . . . . . .
– Un col de plastron très propre et amidonné : . . . . . . . . . . . . .
– Un costume au grand col montant cousu d'or et un pantalon en daim : . . . . . . . . . . . . .
– Un habit noir pommelé de taches jaune foncé et grises : . . . . . . . . . . . .
– Un vieux frac et des lunettes : . . . . . . . . . . . . .
– Une chemise aux poignets blanc immaculé et un frac noir : . . . . . . . . . .
– Une robe blanche et un chapeau de paille : . . . . . . . . . . . . .

## La critique sociale

**8** Fais correspondre à chaque nom le GN qui le caractérise.

Ivan Iakovlévich ●    ● le drôle d'individu
Kovaliov ●    ● un affreux ivrogne
Le préfet de police ●    ● un bel homme
Le conseiller d'État ●    ● un fripon
Le fonctionnaire ●    ● un grand amateur de sucre, d'artisanat et d'objets manufacturés
Le commissaire de police ●    ● un homme bien mis
Le docteur ●    ● un homme extrêmement susceptible
Un inspecteur de police de quartier ●    ● un homme respectable

**9** Quel rôle joue la police dans le chapitre I ?

**10** Relève dans le chapitre II les critiques que Gogol formule à l'égard du commissaire, du fonctionnaire et de l'inspecteur de quartier.

## La langue et le style

**11** « Mieux vaut laisser faire la nature. Lavez-vous plus souvent à l'eau froide et vous vous porterez tout aussi bien sans nez » (l. 683 à 685) : à quel temps et à quels modes sont les verbes soulignés ?

**12** Réécris les phrases précédentes en commençant par : « Le docteur disait à Kovaliov qu(e)... »

## Faire le bilan

**13** Montre les travers de la vie quotidienne et des activités des Saint-pétersbourgeois que Gogol dénonce dans cette nouvelle.
**a.** Quels renseignements Gogol donne-t-il au sujet du commissaire et du docteur ? Cela permet-il de connaître leurs compétences ?
**b.** Quels résultats obtient Kovaliov lorsqu'il demande de l'aide au préfet de police ? au fonctionnaire ? au commissaire ? au docteur ?
**c.** Combien de personnes représentant la police sont évoquées par Gogol au chapitre I ? et au chapitre II ?

## À toi de jouer

**14** Relis la scène p. 35, l. 264 à 274. Imagine la suite de cette scène si Kovaliov ne s'était pas rappelé alors « qu'à la place du nez, il n'avait plus rien du tout ».

# Étape 5 • Étudier la montée du suspense et l'irruption du fantastique

**SUPPORT :** *Apparitions* (chapitres I à IV, p. 58-63)

**OBJECTIF :** Caractériser l'incipit* et l'installation progressive d'une atmosphère onirique.

## As-tu bien lu ?

**1** Le narrateur voyage en compagnie :

☐ d'un homme   ☒ d'une femme   ☐ de plusieurs femmes

**2** Complète ce résumé du texte :

« Une .S.ilhouette vient prendre le narrateur au pied d'un .chêne.. ............. après que le soleil s'est .couché. Ils se déplacent en .volant. Ils partent de la Russie et vont vers l'................, puis en ............, ensuite au Lac Majeur. Ils survolent la Volga, ils vont aussi à Paris puis en ............. près de Mannheim, enfin à ............. où coule la Néva. »

**3** Comment qualifierais-tu ce récit ? Il s'agit :

☐ d'une nouvelle fantastique   ☐ d'hallucinations   ☒ d'un récit de rêves

## Au croisement du rêve et de la réalité

**4** Qu'espèrent les gens qui se livrent à « ces idioties de tables qui tournent »

**5** Complète le tableau à partir des indications fournies par le chapitre I.

| Ce que fait le narrateur | Quand ? | La lune | Bruit perçu | Image décrite |
|---|---|---|---|---|
| Je ne parvenais pas à trouver le sommeil | | | | |
| Je finis par m'assoupir…je crus entendre | | | | |
| Je relevai la tête | | | | |
| Je laissai retomber ma tête sur l'oreiller | | | | |
| Je m'endormis | | | | |
| Je n'arrive pas à dormir | | | | |
| Je me retrouve assis sur mon lit | | | | |

**6** En observant le temps des verbes du récit du chapitre I, indique exactement quand commence et quand finit le rêve.

**7** Quelle phrase du début du texte (l. 1 à 9) peut annoncer la transformation de la lune dans le rêve ?

## La montée du fantastique onirique

**8** Combien de jours se déroulent avant que le narrateur ne se dirige « de nuit » vers le vieux chêne ?

**9** Dans cette liste d'éléments (chapitres III et IV), souligne ceux qui appartiennent à la réalité quotidienne et entoure ceux qui relèvent du rêve ou du fantastique : la tasse de thé – l'air coloré de reflets pourprés – les herbes figées – le grand oiseau gris – un vent léger – la bougie allumée – mon chapeau – un nuage devant la lune – une silhouette blanche tissée de brume – une bague fine et brillante – ses yeux qui paraissaient morts – mon corps se souleva au-dessus du sol.

**10** Relève dans le chapitre IV tous les termes du champ lexical de la peur.

## La langue et le style

**11** Détermine la valeur du présent de l'indicatif (présent d'énonciation, d'écriture, de narration ou de vérité générale) dans les phrases suivantes :
 – Je me retrouve assis sur mon lit (l. 31) : . . . . . . . . . . . . .
 – Je me souviens avoir essayé de lire (l. 34) : . . . . . . . . . . . . .
 – Tu m'aimes ! (l. 111) : . . . . . . . . . . . . .

**12** Invente une phrase en utilisant un présent de vérité générale.

## Faire le bilan

**13** Montre que l'installation du fantastique est progressive.
 **a.** Pourquoi le narrateur ne se rend-il pas sous le vieux chêne dès la première invitation de l'apparition (l. 27) ?
 **b.** Quelles sont ses activités dans la journée (chapitres II et III) ?
 **c.** Quel est le rôle de la lune ? celui de l'oiseau ?
 **d.** Quelle phrase t'indique la perte de volonté du narrateur ?

## Donne ton avis

**4** « Tables tournantes, boule de cristal, horoscope... » : sous forme d'un paragraphe argumenté, donne deux ou trois raisons d'accepter ou de refuser de croire à ces méthodes.

# Étape 6 • Interpréter les apparitions

**SUPPORT :** *Apparitions* (p. 58-101)

**OBJECTIF :** Relever les traits attribués à Ellis et proposer différentes interprétations du personnage.

## As-tu bien lu ?

**1** Quels mots doit prononcer le narrateur pour que l'aventure fantastique commence ?
☐ regarde-moi   ☐ prends-moi   ☐ aime-moi   ☐ emmène-moi

**2** Combien de nuits le narrateur fait-il l'expérience de voler dans les airs ? Indique les numéros des chapitres auxquels commence le vol.

**3** Quand il y a changement de lieu, quelles attitudes adopte le narrateur ?
☐ il regarde le ciel   ☐ il ferme les yeux   ☐ il se cache le visage

## La belle Ellis

**4** Comment Ellis explique-t-elle au narrateur sa venue auprès de lui ?

**5** Retrouve les GN qui décrivent Ellis en associant les adjectifs qualificatifs avec les noms (chapitres V à X).

| | |
|---|---|
| attentif ● | ● mon hôte |
| étrange ● | ● ses cheveux et ses yeux |
| féminine ● | ● une bague |
| fine et brillante ● | ● regard |
| fine et douce ● | ● ses yeux |
| humble ● | ● tristesse |
| légèrement plus noirs ● | ● créature |
| morts ● | ● silhouette |
| mystérieuse ● | ● visage |
| nocturne ● | ● ventouse |
| petit ● | ● une volupté |
| rouges ● | ● lèvres |

**6** Quelle est la seule activité d'Ellis ? Relève les questions du narrateur auxquelles elle ne répond pas.

**7** Quels sentiments humains Ellis semble-t-elle éprouver ?
☐ de la colère   ☐ de la jalousie   ☐ de l'amour   ☐ de la tristesse
☐ de la joie   ☐ de la haine   ☐ de la peur

## Ange ou démon ?

**8** Complète le tableau suivant :

| Ellis représente l'amante | Preuves apportées au narrateur |
|---|---|
| par ses sentiments | Elle l'appelle « mon ................. » et dit qu'elle ............. |
| par ses gestes | À deux reprises, il sent ................<br>Pendant leur voyage, elle se ................ contre lui. |
| par ses paroles | Elle le rassure en lui disant : « ................ » |

**9** Rapproche les paroles adressées par la domestique au narrateur (l. 612) de la comparaison faite par le narrateur lui-même (l. 246). Quel genre de personnage fantastique est peut-être Ellis ? Ne veut-elle que du bien au narrateur ?

**10** Qu'arrive-t-il à Ellis au chapitre XXV ?
☐ elle a eu un accident
☐ la Mort n'a pas voulu lui permettre de retourner à la vie
☐ elle ne peut plus voler avec le narrateur qui est trop lourd

**11** Quelles circonstances du récit pourraient prouver qu'Ellis est seulement « une vision » du narrateur ?

## La langue et le style

**12** « Une silhouette gigantesque enveloppée d'un tissu et montée sur un cheval pâle » (l. 970) est une allégorie*, c'est-à-dire la représentation d'une idée par une image. Quelle idée est représentée ici ?

## Faire le bilan

**13** Ellis est un rêve de femme inaccessible, attirante et inquiétante.
**a.** Le narrateur peut-il résister à la volonté d'Ellis?
**b.** Quand lui apparaît-elle ?
**c.** Pourquoi se montre-t-elle « en chair et en os » avant de disparaître ?
**d.** Relève deux phrases montrant la peur du narrateur vis-à-vis d'Ellis.

## À toi de jouer

**14** Quelques mois plus tard, le narrateur revenu de cure se sent mieux. Au cours d'une réception, des amis lui présentent une jeune femme qui ressemble étrangement à Ellis. Imagine cette rencontre.

# Étape 7 • Exploiter les informations de l'enquête

**SUPPORT :** L'ensemble des nouvelles et l'enquête.

**OBJECTIF :** Faire le lien entre le cadre spatio-temporel, les personnages des nouvelles et la Russie de l'époque des tsars.

## As-tu bien lu ?

**1** Dans quelle grande ville réside Kovaliov (*Le Nez*) ? Adrian Prokhorov (*Le Marchand de cercueils*) ? et le narrateur d'*Apparitions* ?

**2** Dans *Apparitions* et *Le Nez*, quelle grande ville russe, avec son cours d'eau, est évoquée ?
☐ Moscou avec la Moskova          ☐ Kiev avec le Dniepr
☐ Saint-Pétersbourg avec la Néva     ☐ Tver avec la Volga

**3** Dans *Le Marchand de cercueils* et *Le Nez*, les personnages principaux appartiennent-ils à la même classe sociale ? Selon ta réponse, indique la (ou les) classe(s) sociale(s) concernée(s).

**4** Dans *Le Marchand de cercueils* et *Apparitions*, le nationalisme russe est sensible.
**a.** Relève les deux passages qui montrent qu'Adrian critique son voisin et les autres allemands.
**b.** Que demande le narrateur d'*Apparitions* à Ellis alors qu'ils sont au-dessus de Paris ?

## Des avis divergents

**5** Quel avantage essentiel Pierre-le-Grand attribuait-il à Saint-Pétersbourg ? Quel grave inconvénient connaissait cette cité ? Comment Tourgueniev présente-t-il la capitale de la Russie dans *Apparitions* ?

**6** Quel système les tsars ont-ils conservé après Pierre-le-Grand pour affaiblir le pouvoir de la noblesse héréditaire ? Que souhaite faire Kovaliov (dans *Le Nez*) pour accroître sa fortune ?

**7** La société russe connaissait au XIXe siècle de très graves inégalités sociales.
**a.** Laquelle disparaît grâce au tsar Alexandre II ?
**b.** Cela suffit-il, d'après Tourgueniev, pour que tous les humains liés à la terre soient heureux ?

## Un monde fondé sur l'apparence

**8** Complète le tableau pour faire apparaître les caractéristiques de la vie quotidienne russe que l'on trouve dans les nouvelles.

|  | Dans quelle nouvelle y fait-on allusion ? |
|---|---|
| Quelle boisson les Russes préparaient-ils dans le samovar ? |  |
| Que buvaient-ils en mangeant? |  |
| Comment s'habillaient les femmes pour sortir ? |  |
| Quelles étaient dans la journée les activités des citadins aisés ? |  |

**9** Explique quelle était l'organisation administrative du pays (voir l'enquête, p. 130 à 144).

**10** Comment pouvait-on corrompre les fonctionnaires russes pour obtenir ce que l'on voulait ? Dans quelle nouvelle le vois-tu ?

## Faire le bilan

**11** Quels aspects de la société russe de l'époque, fournis par l'enquête, les nouvelles n'abordent-elles pas ?
☐ La vie des artisans ☐ Le tsar et son pouvoir ☐ Les prêtres et les moines
☐ Les paysans et la campagne ☐ Les nobles et leurs immenses richesses ☐ Les enfants ☐ Le servage

**12** Complète le bilan suivant.
Les auteurs des nouvelles portent tous un regard critique sur la société russe de leur époque. Ils ont donc choisi de faire des nouvelles à la fois
. . . . . . . . . . . . puisqu'on y retrouve bien des éléments de la vie d'alors
et . . . . . . . . . . . . pour donner l'impression d'un cadre irréel.

## Donne ton avis

**13** Imagine-toi dans cette Russie où il était dangereux de s'opposer au tsar. Quelle aurait été ton attitude ? Te serais-tu placé (comme Kovaliov) du côté de celui qui veut devenir noble ou alors de celui qui aurait considéré qu'il fallait changer les choses ? Trouve deux arguments pour défendre ta position.

# Rêve et fantastique : groupement de documents

**OBJECTIF :** Comparer plusieurs documents qui montrent que les récits de rêves sont proches du fantastique.

**DOCUMENT 1** 🦋 PROSPER MÉRIMÉE, « Djoûmane » in *Carmen*, 1845.

*Le narrateur, lieutenant dans l'armée en Algérie, essaie de ressortir d'une caverne où il s'est aventuré dans le noir...*

Pendant un quart d'heure, vingt minutes..., une demi-heure peut-être, je marchai sans trouver l'entrée.

L'inquiétude me prit. Me serais-je engagé, sans m'en apercevoir, dans quelque galerie latérale, au lieu de revenir par le chemin que j'avais suivi d'abord ?...

J'avançais toujours, tâtant le rocher, lorsqu'au lieu du froid de la pierre, je sentis une tapisserie, qui, cédant sous ma main, laissa échapper un rayon de lumière. Redoublant de précaution, j'écartai sans bruit la tapisserie et me trouvai dans un petit couloir qui donnait dans une chambre fort éclairée dont la porte était ouverte. Je vis que cette chambre était tendue d'une étoffe à fleurs de soie et d'or. Je distinguai un tapis de Turquie, un bout de divan en velours. Sur le tapis, il y avait un narghilé[1] d'argent et des cassolettes[2]. Bref, un appartement somptueusement meublé dans le goût arabe.

Je m'approchai à pas de loup jusqu'à la porte. Une jeune femme était accroupie sur ce divan, près duquel était posée une petite table basse en marqueterie[3], supportant un grand plateau de vermeil chargé de tasses, de flacons et de bouquets de fleurs.

[...] Mes bottes craquèrent, elle releva la tête et m'aperçut.

Sans se déranger, sans montrer la moindre surprise de voir entrer chez elle un étranger le sabre à la main, elle frappa dans ses mains avec joie et me fit signe d'approcher. Je la saluai en portant la main à mon cœur et à ma tête, pour lui montrer que j'étais au fait de l'étiquette[4] musulmane. Elle me sourit, et de

1. **Narguilé :** pipe orientale à long tuyau flexible.
2. **Cassolettes :** réchaud en forme de vase où l'on fait brûler des parfums.
3. **Marqueterie :** assemblage décoratif de lamelles de bois.
4. **Étiquette :** cérémonial en usage dans la religion musulmane.

ses deux mains écarta ses cheveux, qui couvraient le divan ; c'était me dire de prendre place à côté d'elle. Je crus que tous les parfums de l'Arabie sortaient de ses beaux cheveux.

D'un air modeste, je m'assis à l'extrémité du divan en me promettant bien de me rapprocher tout à l'heure. Elle prit une tasse sur le plateau, et, la tenant par la soucoupe en filigrane[5], elle y versa une mousse de café, et, après l'avoir effleurée de ses lèvres, elle me la présenta :

– Ah ! Roumi[6], Roumi !... dit-elle...

– Est-ce que nous ne tuons pas le ver, mon lieutenant ?...

À ces mots, j'ouvris les yeux comme des portes cochères. Cette jeune femme avait des moustaches énormes, c'était le vrai portrait du maréchal des logis Wagner... En effet, Wagner était debout devant moi et me présentait une tasse de café, tandis que, couché sur le cou de mon cheval, je le regardais tout ébaubi[7].

– Il paraît que nous avions pioncé tout de même, mon lieutenant. Nous voilà au gué et le café est bouillant.

5. **Filigrane** : dessin que l'on peut voir en transparence.
6. **Roumi** : nom par lequel un musulman désigne un chrétien.
7. **Ébaubi** : surpris.

---

**DOCUMENT 2** 🖋 GÉRARD DE NERVAL, *Aurélia ou Le Rêve et la Vie,* 1re partie, IV, 1855.

*Nerval raconte dans* Aurélia *sa vie intérieure. Il fait ici le récit précis d'un de ses rêves...*

Un soir, je crus avec certitude être transporté sur les bords du Rhin. En face de moi se trouvaient des rocs sinistres dont la perspective s'ébauchait dans l'ombre. J'entrai dans une maison riante, dont un rayon du soleil couchant traversait gaiement les contrevents verts que festonnait la vigne. Il me semblait que je rentrai dans une demeure connue, celle d'un oncle maternelle, peintre flamand, mort depuis plus d'un siècle. Les tableaux ébauchés étaient suspendus çà et là ; l'un d'eux représentait la fée célèbre de ce rivage. Une vieille servante, que j'appelai Marguerite et qu'il me semblait connaître depuis l'enfance, me dit : « N'allez-vous pas vous mettre sur votre lit ? Car vous venez de loin, et votre oncle rentrera tard ; on vous réveillera pour souper. » Je m'étendis sur un lit à colonnes drapé de Perse[1] à grandes fleurs rouges. Il y avait en face de moi une horloge rustique accrochée au mur, et sur cette horloge un oiseau qui se mit à parler comme une personne. Et j'avais l'idée que l'âme de mon aïeul était dans cet oiseau ; mais je ne m'étonnais pas plus de son langage et de sa forme que de me voir transporté d'un siècle en arrière. L'oiseau me parlait de personnes de ma famille vivantes ou mortes en divers temps, comme si elles existaient simultanément. [...] Je crus tomber dans un abîme qui traversait le globe. Je me sentais emporté sans souffrance par un courant de métal fondu. [...] Je vis un vieillard qui cultivait la terre. Je le reconnus pour être le même qui m'avait parlé par la voix de l'oiseau. [...] Le vieillard quitta son travail et m'accompagna jusqu'à une maison qui s'élevait près de là. Le paysage qui nous entourait me rappelait celui d'un pays de la Flandre[2] française où mes parents avaient vécu et où se trouvent leurs tombes : le champ entouré de bosquets à la lisière du bois, le lac voisin, la rivière et le lavoir, le village et sa rue qui monte, les collines de grès sombre et leurs touffes de genêts et de bruyères, image rajeunie des lieux que j'avais aimés. Seulement la maison où j'entrai ne m'était point connue. [...]

J'entrai dans une vaste salle où beaucoup de personnes étaient réunies. Partout je retrouvais des figures connues. Les traits de parents morts que j'avais pleurés se trouvaient reproduits dans d'autres qui, vêtus de costumes plus anciens, me faisaient le même accueil paternel. Ils paraissaient s'être assemblés pour un banquet de famille. Un de ces parents vint à moi et m'embrassa tendrement. [...] C'était mon oncle.

---

1. **Perse** : toile peinte de très belle qualité qui vient de Perse.
2. **Flandre** : région située au Nord de la France, sur la Mer du Nord.

**DOCUMENT 3** 🐦 MAX ERNST, *Le Rossignol chinois,* 1920, dessin, collage, 12,5 x 9 cm. Musée de Grenoble.

*Max Ernst (1891-1976) est un artiste qui a utilisé le collage comme technique artistique, associant des images d'objets sans rapport entre eux. Le doux nom de « Rossignol chinois » et les éléments féminins tournent en dérision l'image centrale : une bombe aérienne de la guerre.*

## As-tu bien lu ?

**1** Document 1
**a.** Quel personnage le narrateur découvre-t-il dans une chambre au bout du couloir ?
**b.** À quel moment comprends-tu qu'il s'agit d'un rêve ?

**2** Document 2
**a.** Le narrateur est à la recherche de :
☐ son père
☐ son frère
☐ son oncle
☐ son grand-père

**b.** Il le retrouve :
☐ dans un champ entouré de bosquets à la lisière du bois
☐ sur une rue qui monte
☐ dans une vaste salle où beaucoup de personnes étaient réunies

## Le mélange du rêve et de la réalité

**3** Des éléments familiers aux narrateurs apparaissent dans leurs rêves respectifs.
**a.** Dans le document 1, relève deux accessoires vestimentaires appartenant au narrateur.
**b.** Dans le document 2, quels lieux le narrateur pense-t-il connaître ?

**4** Quel élément de décor très ressemblant retrouve-t-on dans l'un et l'autre texte :
☐ un tissu à fleurs
☐ un tapis de Turquie
☐ un tableau de peintre flamand

**5** **a.** Dans le document 1, quelle est l'attitude de la femme apercevant le narrateur ?
**b.** Dans le document 2, que fait l'oiseau sur l'horloge ?
**c.** Ces deux faits appartiennent-ils plutôt au rêve ou plutôt à la réalité ?

## Le fantastique onirique

**6** Complète le tableau ci-dessous pour faire apparaître certaines caractéristiques fantastiques de ces textes :

|            | Le cadre angoissant | Le lieu fermé | Des personnages venus d'ailleurs |
|------------|---------------------|---------------|----------------------------------|
| Document 1 |                     |               |                                  |
| Document 2 |                     |               |                                  |

**7** Dans le document 1, à quel moment le narrateur ne se sent-il plus en danger ?
☐ quand il voit un rayon de lumière      ☐ quand ses bottes craquent
☐ quand la femme lui sourit      ☐ quand il se réveille

**8** De quelle nouvelle russe de ce livre peux-tu rapprocher le document 2 ? Explique pourquoi.

## Lire l'image

**9** Coche les objets disparates que tu vois rassemblés dans le collage :
☐ lampe      ☐ éventail      ☐ veste      ☐ chapeau
☐ gants      ☐ foulard      ☐ tissu      ☐ bras de mannequin

**10** L'objet central est une bombe. Quel message Max Ernst a-t-il pu vouloir faire passer en 1920 en réalisant ce collage intitulé *Le Rossignol chinois* ?

**11** Complète le texte suivant.
On peut dire que cette image étrange emmêle beaucoup
de . . . . . . . . . . . . comme cela arrive la nuit dans nos . . . . . . . . . . . .
et contient aussi un élément effrayant, une . . . . . . . . . . . . qui en cas
d'explosion apporte la . . . . . . . . . . . . aux hommes.

## À toi de jouer

**12** Chacun de nous se crée en imagination un univers de rêve « un peu fou ». Quel est le tien ? Décris en quelques lignes les êtres et les choses qui le constituent.

À l'époque de Pouchkine, Gogol et Tourgueniev, la Russie est un immense empire dirigé par un tsar et dont la capitale est Saint-Pétersbourg. L'ensemble du pays est alors soumis à un régime autocratique et policier, qui n'évolue pratiquement pas au cours du $XIX^e$ siècle. La société russe d'alors est très marquée par le profond clivage entre villes et campagne.

Quelles sont donc les caractéristiques clés de ce pays qui connaîtra des mutations majeures au $XX^e$ siècle ?

# La Russie au XIXᵉ siècle

# 1

# Que retenir de la géographie de la Russie du XIX$^e$ siècle ?

*De la Mer Noire, à l'ouest, jusqu'à la mer d'Okhotsk, à l'est, de l'Océan glacial, au nord, jusqu'à la Mongolie, au sud, l'immense territoire de la Russie à la fin du XIX$^e$ siècle couvre 22 millions de km² qu'occupent 129 millions d'habitants. Les Russes annexent à cette époque l'Asie Centrale et s'avancent en terre chinoise. Ils ont deux capitales, Moscou et Saint-Pétersbourg, et des paysages d'une variété extrême.*

● **LA FIN DES CONQUÊTES**

Pendant plusieurs siècles, la Russie a été en lutte contre les peuples de la steppe ; elle soumet les Kazakhs, les Kirghizes et les Turkmènes dans la seconde moitié du XIX$^e$ siècle.

Les Russes, en mettant fin au pillage que ces peuples exerçaient sur leurs terres, gagnent de riches terres irriguées productrices de coton et contrôlent la porte de Dzoungarie qui donne accès à la Chine.

En 1875, la Russie et le Japon font un échange de territoire du côté de l'Océan Pacifique. La Russie donne au Japon les îles Kouriles et reçoit la partie méridionale de l'île de Sakhaline.

## Jeu de Monopoly ?

C'est aussi à cette époque que la Russie, qui traverse des difficultés financières, vend aux États-Unis l'Alaska[1] pour la somme de 7 200 000 dollars. Le secrétaire d'État américain qui finalise la transaction s'appelle William Henry Seward. Ses détracteurs, qui trouvent cette dépense ridicule, nomment l'Alaska « la folie de Seward » ou « la glacière de Seward » ou encore « le jardin aux ours polaires d'Andrew Johnson » (Andrew Johnson était le vice président des États-Unis).

**1. Alaska :** État des États-Unis. 1 500 000 km², 550 000 habitants.

## ● L'EXPANSION DE LA RUSSIE[2] DE 1809 À 1945

Vente de l'Alaska aux États-Unis **1876**

Océan Arctique

Pologne **1815-1917**

Finlande **1809-1917**

Suède

**1812**

BIÉLORUSSIE   **1945**

**1945**

UKRAINE

RUSSIE

Sakhaline

Îles Kouriles

**1864**

**1830**

**1860**

Empire Ottoman

**1878-1914**

KAZAKHSTAN

Chine

**1945**

Japon

**1813**

OUZBEKISTAN   **1847**

**1873**

1. ESTONIE
2. LETTONIE
3. LITUANIE
4. MOLDAVIE
5. GÉORGIE
6. ARMÉNIE
7. AZERBAÏDJAN

TURKMÉNISTAN   KIRGHIZSTAN   **1876**

**1813**   TADJIKISTAN

Empire Perse   **1868**

Empire des Indes (Angleterre)

**Expansion Russie et URSS (1809-1945)**

Frontières de l'URSS

Territoire annexé

Territoire annexé puis cédé

Républiques soviétiques

**1876**   Date de rattachement

## ● LES DEUX CAPITALES DE LA RUSSIE TSARISTE

### – Saint-Pétersbourg : « une fenêtre ouverte sur l'Occident »

C'est pour sa position géographique que Pierre le Grand décida de faire de Saint-Pétersbourg la capitale de son empire, en 1712. Ville fortifiée sur le golfe de Finlande, séparée en deux par le fleuve Néva, cette capitale de la Russie était quasiment inattaquable par mer tout en permettant un commerce maritime intense et une ouverture sur l'Occident.

La ville s'étendait sur 90 km² et l'impression des « rues vides » demeure pendant le XIXe siècle, même si la population est passée de 220 000 habitants en 1800 à 667 000 en 1870.

**2.** En 1917, la Russie est devenue *l'Union des Républiques Soviétiques Socialistes* (URSS). En 1991, l'URSS a éclaté en 15 états indépendants. Le plus grand est la Russie qui compte environ 142 millions d'habitants sur 17 millions de km² (31 fois la France).

# Humidité et inondations

Saint-Pétersbourg, cette Venise du Nord connaît les mêmes ennuis que la Venise italienne ! On ne peut creuser dans le sol sans tomber immédiatement sur de l'eau. Les maisons étaient bâties pour la plupart sur pilotis sans possibilité d'avoir une cave, et comme ces maisons étaient en bois, elles subissaient tantôt les dégâts des inondations tantôt les méfaits des incendies.

## – Moscou[3] :
## « le cœur de la Russie »

Les Russes ont toujours préféré Moscou qu'ils ont longtemps appelée « Moscou la Mère », une ville aux cent visages selon l'appartenance sociale ou l'activité professionnelle. En 1812 Moscou a été ravagée par un incendie à la suite de l'invasion napoléonienne, incendie provoquée par les Russes eux-mêmes pour affamer les troupes françaises ; mais cette ville, fortifiée dès le XIIe siècle, fut littéralement vidée de sa substance au début du XVIIIe siècle quand Saint-Pétersbourg devint capitale. De 200 000 habitants Moscou passe à 140 000, restant pourtant un carrefour de communications, un centre d'échanges commerciaux. Puis la situation évolue. À la fin du XIXe siècle, Moscou compte un million d'habitants.

## ● UN PAYS TRÈS RURAL

Si aujourd'hui les trois-quarts des Russes habitent en ville, il n'en était pas ainsi au XIXe siècle. En 1897, la Russie compte encore 97 millions de paysans pour une population totale de 127 millions d'habitants. Ceux-ci ne possèdent généralement pas les terres qu'ils cultivent. De grands propriétaires terriens exploitent de vastes domaines qu'ils cultivent grâce à ces paysans, les moujiks.

# La tête, les pieds et le cœur

Pour Napoléon, Moscou était « le cœur de la Russie », alors qu'il estimait que Saint-Pétersbourg était « la tête de la Russie » et que Kiev en était « les pieds ». Les Russes ont sans doute voulu relier « leur cœur » et « leur tête » en établissant en 1851 leur première ligne de chemin de fer entre Moscou et Saint-Pétersbourg : 645 km en ligne droite.

**3. Moscou :** aujourd'hui, Moscou est la capitale de la Russie et aussi la plus grande ville d'Europe avec plus de 10 millions d'habitants.

L'abolition du servage en 1861 et l'industrialisation vont cependant beaucoup changer cet état de fait : les serfs libérés ont cherché du travail dans les industries des grandes villes, comme Moscou et Saint-Pétersbourg, On compte 3 millions d'ouvriers en 1913 qui ont profité de la création du Transsibérien[4], entre 1891 et 1901, pour aller coloniser des terres vierges, en Sibérie ou dans l'Oural.

## Toundra, taïga et steppe

*Les paysages de la campagne russe sont extrêmement variés : au nord la partie la plus froide est le règne de la toundra, qui reste dans le froid et le gel neuf mois par an ; lui succède, vers le sud, la taïga, forêt plus ou moins clairsemée composée majoritairement de conifères, puis ce sont les forêts et les prairies, et enfin la steppe semi-désertique. Le changement de végétation suit naturellement celui du climat, un climat continental, qui comporte essentiellement deux saisons marquées : l'hiver et l'été.*

● **LA LIGNE DU TRANSSIBÉRIEN EN 1904**

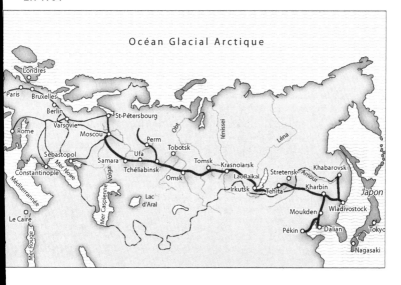

**4. Le transsibérien :** le transsibérien est une voie ferrée de Russie qui relie Moscou à Vladivostok sur 9288 km. Elle traverse plus de 990 gares. De Moscou à Vladivostok, la durée du voyage est d'une semaine.

# 2

# Comment gouverne le tsar de la Sainte Russie ?

*La Russie du XIXᵉ siècle est dirigée par un tsar. Ce souverain qui détient tous les pouvoirs et auquel tout appartient, « les pierres et les âmes », s'appuie sur un système administratif très centralisé pour gouverner l'immense territoire que représente la Russie.*

## ● LES CINQ TSARS DU XIXᵉ SIÈCLE

— De 1801 à 1825 : **Alexandre Iᵉʳ**, assez libéral, est le principal adversaire militaire de Napoléon.

Alexandre Iᵉʳ

— De 1825 à 1855 : **Nicolas Iᵉʳ**[1] se montre, par opposition à Alexandre Iᵉʳ, d'un conservatisme extrême, anti-libéral et prône un régime très répressif.

Nicolas Iᵉʳ

— De 1855 à 1881 : **Alexandre II**, dit « le Libérateur », réforme la justice et l'administration. Il abolit le servage en 1861, mais il renforce les dispositions autoritaires

Alexandre II

et la répression, après avoir été visé par plusieurs tentatives d'attentats. Finalement, il est assassiné par quelques étudiants nihilistes.

— De 1881 à 1894 : **Alexandre III** instaure une autocratie renforcée et impose des contre-réformes.

Alexandre III

**1.** Nicolas Iᵉʳ est le frère d'Alexandre Iᵉʳ. Après la succession se fait bien de père en fils.

– De 1894 à 1917 : **Nicolas II** est le dernier tsar de la Sainte Russie et n'a aucune expérience du pouvoir à la mort de son père en 1894, il abdique au moment de la révolution de 1917. Il est exécuté avec toute sa famille en 1918.

Nicolas II

### Étymologie

*Le terme « tsar », en russe царь, peut s'écrire en français « csar », « czar » ou « tsar ».*
*Ce mot vient du latin Caesar qui était le titre honorifique que portaient les empereurs, et qui donne en français César et en allemand Kaiser.*
*Ivan le Terrible est le premier tsar régnant. Il est sacré tsar à Moscou le 16 janvier 1547.*

### ● LE POUVOIR DU TSAR

Dans la Russie impériale, le tsar détient à lui seul tous les pouvoirs, c'est un pouvoir personnel absolu nommé *autocratie*. Le tsar, nommé « empereur » à partir de Pierre le Grand ne représente pas Dieu sur terre. Il est sur terre pour ses sujets ce que Dieu est dans le ciel pour les âmes. Une administration très hiérarchisée applique ses volontés.

### ● L'ADMINISTRATION

L'empire est divisé en gouvernements, chaque gouvernement en districts, chaque district en villes et communes. Quatre grandes villes (Saint-Pétersbourg, Odessa, Sébastopol et Kertch-Iénikalé) jouent le rôle de préfecture. À la tête de chaque gouvernement se trouve un gouverneur représentant le pouvoir central ; dans chaque district, un fonctionnaire est placé à la tête de la police, ayant sous ses ordres un commissaire et de nombreux agents. Cette police est omniprésente. Partout dans les rues, des sergents de ville et des inspecteurs de police de quartier veillent pour assurer le maintien de l'ordre, empêcher les bagarres, accompagner les ivrognes au poste de police.

### ● L'INTELLIGENTSIA ET LES NIHILISTES

Certains Russes acceptent souvent tout en silence pour ne pas être inquiétés. Cependant, dans la deuxième moitié du siècle, on voit se

☞ Le Palais impérial d'hiver à Saint-Pétersbourg. Dessin de Blanchard *in* « Le Magasin pittoresque », 1864. Collection particulière.

développer un courant d'idées révolutionnaires : l'intelligentsia russe, prenant conscience des problèmes du pays, cherche des réponses avant tout par le refus d'un ordre immobile et par le désir de modernité. Déçu par les réformes d'Alexandre II, le mouvement se radicalise et devient intolérant avec les jeunes étudiants nihilistes qui nient toute idée qui n'est pas la leur. Ils se considèrent comme des hommes libérés supérieurs au monde pourri qui les entoure et souhaitent la destruction de l'État par tous les moyens. Ils parviennent à assassiner Alexandre II en 1881[2].

# Les pourboires

Tous ces fonctionnaires d'État sont mal payés et ils deviennent souvent plus compréhensifs à la vue de quelques billets qui ne présentent que des avantages : « Ils ne réclament pas à manger, ne prennent pas de place, se casent toujours dans la poche et ne se cassent pas. » (Gogol, Le Nez)

**2.** Même si le nouveau tsar, Nicolas II, renforce la répression, le mouvement révolutionnaire qui agite le monde paysan et ouvrier débouche en 1905 sur une première révolution, sans lendemain, et enfin sur la révolution de 1917 qui met fin au régime

# Comment est composée la société russe de l'époque ?

*La société russe de l'époque est extrêmement hiérarchisée et structurée. On distingue facilement les catégories telles que paysans, marchands, artisans, prêtres, mais la structure de noblesse, définie par le « tchin », est plus compliquée.*

● **LES PAYSANS**

C'est la classe sociale la plus nombreuse de la Russie. Le XIXᵉ siècle a marqué un tournant pour la majorité des paysans russes, avec l'abolition du servage en 1861[1]. Avant cette date, ils appartenaient à l'État ou à des propriétaires terriens et devaient corvées et impôts. Le tsar Alexandre II leur donne la liberté et la possibilité de racheter une partie des terres qu'ils cultivaient jusqu'alors pour leur maître. Cependant, qu'ils se soient endettés pour devenir propriétaires ou non, les moujiks demeurent d'une pauvreté extrême à la fin du siècle : ils vivent dans des maisons totalement insalubres, dans une pièce unique, dormant à même le sol.

● **LES MARCHANDS, ARTISANS ET PETITS BOURGEOIS**

Ce sont les classes urbaines. Les marchands doivent être immatriculés et payent de lourds impôts. Les artisans, réputés bons vivants et ivrognes, sont inscrits dans une des corporations existant dans la ville. Les « petits bourgeois », qui ne sont ni commerçants ni artisans ni manufacturiers, mais peuvent être par exemple médecins ou professeurs, ont des revenus suffisants pour subsister.

● **LES NOBLES**

Il faut clairement distinguer la noblesse héréditaire et la noblesse acquise. La première remonte pour quelques familles à l'époque des premiers souverains de Russie. Ces nobles, puissants et riches, inquiétèrent Pierre le Grand qui s'arrogea le droit d'anoblir ses sujets et institua la table des rangs ou « tchin ». Dès lors, les tsars créèrent à volonté des princes, des comtes et des barons.

## Minoritaires

*Dans l'Empire, les Russes de pure souche ne représentent que 45 % de la population (recensement de 1897).*

**1. Les serfs :** ils sont à ce point liés au sol qu'en cas de vente d'une propriété, ils sont vendus avec la terre. En 1861, ce ne sont pas moins de vingt-deux millions de serfs qui sont libérés par décision du tsar.

La table des rangs a un rôle majeur dans la société russe. Tout fonctionnaire russe est classé par catégorie, selon l'importance des services qu'il rend à l'État. Cela permet à des personnes qui n'étaient pas nobles de le devenir, il suffit de s'élever de degré en degré jusqu'au plus haut rang de la table. Cette table existe avec des dénominations différentes dans le domaine civil (administration, enseignement...), dans le domaine militaire mais aussi pour le clergé.

# Pour devenir noble...

On est vraiment considéré comme noble à partir du 8e rang, catégorie qui représente au XIXe siècle environ 200 000 personnes.
On peut comprendre la fierté du héros de Gogol, Kovaliov, assesseur de collège, qui s'attribue d'ailleurs la dénomination militaire de « major ».

La table des rangs, 1722.

| La table des 14 rangs de l'administration | |
|---|---|
| Rang (tchin) | Dénomination |
| 1er rang | Chancelier de l'Empire |
| 2e rang | Conseiller secret actuel |
| 3e rang | Conseiller secret |
| 4e rang | Conseiller d'État actuel |
| 5e rang | Conseiller d'État |
| 6e rang | Conseiller de collège |
| 7e rang | Conseiller aulique (de cour) |
| 8e rang | Assesseur de collège |
| 9e rang | Conseiller titulaire |
| 10e rang | Secrétaire de collège |
| 11e rang | (Secrétaire de vaisseau) |
| 12e rang | Secrétaire de gouvernement |
| 13e rang | Greffier de Sénat ou de Synode |
| 14e rang | Greffier de collège |

# La religion orthodoxe

L'orthodoxie est une religion chrétienne, comme le catholicisme et le protestantisme. Depuis le schisme de 1054, elle rejette l'autorité du Pape, qu'elle refuse de considérer comme l'héritier de l'apôtre Pierre et le chef de l'Église universelle mais désigne comme le « primus inter patres », le premier des patriarches.

## Quelques chiffres...

*À la fin du XIX<sup>e</sup> siècle, on compte environ onze mille moines et dix-huit mille religieuses répartis dans cinq cent cinquante monastères et couvents.*

### ● LE CLERGÉ

La religion orthodoxe était la religion d'État. Les prêtres orthodoxes[2], mariés, étaient considérés non comme des modèles et des guides spirituels mais comme des gardiens des rites et des traditions. Ils avaient des enfants et des soucis matériels comme tout le monde. Les moines, quant à eux, retirés du monde dans des monastères, voués au célibat, instruits, apparaissaient mystérieux et inspiraient beaucoup de respect. Ils donnaient leur vie pour expier les péchés des autres en priant.

Pope traduisant et lisant un ukase (oukase) de l'empereur de Russie (Alexandre II) à des paysans, 1863. Gravure in Le Monde Illustré n° 338 du 3 octobre 1863. Collection privée.

**2.** Pour désigner les prêtres orthodoxes, les Occidentaux utilisent le nom « Pope ». Cependant ce terme est peu à peu abandonné, considéré comme grossier, au profit du mot « prêtre ».

# Comment se déroule la vie au quotidien dans les villes ?

*La vie dans la Russie de Gogol n'a rien de comparable selon que l'on vit en ville ou à la campagne, que l'on appartient à une catégorie sociale ou à une autre. Le raffinement des intérieurs, des vêtements, les loisirs ne concernent alors que les gens aisés. Tous les Russes ont cependant en commun d'aimer festoyer et boire entre amis !*

## ● BOIRE LE THÉ

Toutes les classes de la société obéissaient au rituel plusieurs fois par jour : se verser un thé chaud, toujours prêt grâce au samovar[1]. Le samovar est l'âme de toutes les maisons russes : chauffé par en dessous, il entretient l'eau chaude tout au long de la journée ; sur le dessus est posée une théière contenant du thé extrêmement fort. Dans la tasse ou le verre, on versait une petite quantité de thé fort et l'on complétait avec l'eau chaude du samovar.

Samovar avec plateau. Saint-Pétersbourg, Musée russe.

Dans les trois nouvelles, ce rituel est évoqué : Kovaliov, dans *Le Nez*, propose à l'inspecteur qui lui rapporte son nez de prendre une tasse de thé avec lui ; la vieille domestique d'*Apparitions* sert au narrateur une tasse de thé ; Adrian, dans *Le Marchand de cercueils*, est en train de boire sa septième tasse de thé...

## « Pourboire » à la russe

*Le thé avait une si grande importance dans la vie des Russes que « pourboire » se disait « natchaï » c'est-à-dire « pour le thé ».*

---

**1. Samovar :** c'est une grosse bouilloire en cuivre.

● **AUTRES METS**

Au XIXᵉ siècle, les nobles sont de grands amateurs de vin français et de champagne, mais ils boivent volontiers de la vodka en mangeant des zakouskis, qui sont ce que l'on appelle familièrement des amuse-gueules. Ils apprécient aussi la cuisine française à côté de leurs plats plus traditionnels comme le borsch[2], les koulibiak à la viande, au riz, au poisson... Les gens moins aisés aimaient boire le kvas, boisson peu coûteuse obtenue par fermentation du seigle, et mangeaient aussi le borsch et des soupes aux choux aigres, la kacha – bouillie de sarrasin – et du pain noir.

● **S'HABILLER**

La tenue vestimentaire avait une très grande importance. On ne pouvait sortir en ville, à l'église ou pour un dîner, avec une apparence négligée. Les femmes sont en première ligne de recherche vestimentaire. Pouchkine s'amuse à décrire les filles d'Adrian, le marchand de cercueils, se rendant à un dîner chez des voisins : « Les jeunes demoiselles avaient coiffé des chapeaux de couleur jaune et chaussé des souliers de couleur rouge, ce qu'elles ne faisaient que dans les grandes occasions. » (p. 15, l. 85).

*Portrait d'une jeune femme russe.*
*Photographie XXᵉ siècle. Collection particulière.*

Mais les hommes n'échappaient pas aux codes vestimentaires, surtout si leur rang était élevé. Les fonctionnaires et les militaires étaient très fiers d'arborer leurs uniformes, qui en disaient aussi long qu'une carte de visite. Dans le récit de Gogol, lorsque « le nez » descend de fiacre, Kovaliov reconnaît « à la coiffe ornée d'un plumet, qu'il est conseiller d'État ». Avec Pouchkine, le marchand de cercueils reconnaît « ses » morts à leur tenue vestimentaire signe de richesse ou non, de grade...

● **SORTIR**

On mangeait chez soi, mais on sortait très volontiers au salon de thé et au restaurant, en promenade,

**2. Le borsch :** c'est une soupe aux choux et à la viande.

# Aller au bain de vapeur

Les Russes adorent se rendre aussi souvent que possible à l'étuve. D'abord aspergés d'eau bouillante, ils y sont massés, grattés, étrillés, lavés. Puis ils passent par un sauna étouffant avant de recevoir une violente douche très froide. À Moscou, on dénombre en 1900 une centaine de bains de vapeur.

## Une araignée devenue raisin sec...

*À Moscou, l'un des salons de thé en vogue était celui de Philippoff qui devait sa fortune, disait-on, à l'audace de son patron, chargé de livrer ses petits pains frais tous les jours au gouverneur de la ville. Un matin, convoqué pour constater la présence d'une araignée cuite dans la mie du pain, Philippoff répondit sans hésiter qu'il avait fait une innovation de « pain aux raisins secs ». Pour preuve, il croqua à belles dents le pain et son araignée... De retour chez lui, il s'empressa d'ajouter dans sa pâte à pain des poignées de raisins secs ! Le gouverneur goûta, apprécia, et tout Moscou en fit autant !*

pour se montrer et voir du monde. Kovaliov, dans *Le Nez*, passe par le salon de thé pour prendre une tasse de chocolat dès qu'il sort de chez lui le matin, puis se promène sur la perspective Nevski, à Saint-Pétersbourg. En hiver, les promenades en traîneau[3] ou le patin à glace sur les étangs gelés étaient les plaisirs des citadins. En toute saison, les spectacles au théâtre sont très prisés.

*Traîneau passant devant un palais russe. Illustration par Jean Lebedeff pour l'ouvrage de Tolstoï (1828-1910) « Souvenirs », édition de 1926.*

**3.** On se promenait volontiers dans des traîneaux tirés par trois chevaux = les troïkas.

# etit lexique littéraire

| | |
|---|---|
| **Accumulation** | Figure d'insistance qui énumère plusieurs termes sans ordre particulier. |
| **Allégorie** | Représentation d'une idée sous la forme d'une histoire, d'un personnage, d'une image (par exemple, la justice représentée par une femme tenant une balance). |
| **Chute** | Dénouement d'un récit généralement inattendu et invitant le lecteur à une nouvelle lecture du récit. |
| **Dénouement** | Fin du récit, moment où les problèmes trouvent leur solution ou leur aboutissement. |
| **Ellipse** | Procédé narratif qui consiste à passer sous silence certains événements dans une histoire. |
| **Fantastique** | Il s'agit de texte ou de film dans lesquels l'inadmissible venu de l'au-delà (morts vivants, vampires, fantômes...) fait irruption dans la réalité. |
| **Genre littéraire** | Le théâtre, la poésie, la nouvelle ou le roman sont des genres littéraires. Il est d'usage de préciser les termes en parlant, par exemple, de roman policier, nouvelle fantastique... |
| **Incipit** | Nom donné aux premiers mots d'un texte. Par extension, le début d'un texte. |
| **Indicateur temporel** | Terme permettant de situer dans le temps le récit, de préciser la chronologie des événements. |
| **Intrigue** | Ensemble des événements qui forment une histoire et qui maintiennent en éveil l'intérêt du lecteur. |
| **Narrateur** | Personnage qui raconte l'histoire dont il fait partie ou non. |
| **Nouvelle** | Récit court dont l'intrigue est resserrée et les personnages peu nombreux. |
| **Onirique** | Qui évoque un rêve, qui semble sorti d'un rêve. |

| | |
|---|---|
| *Péripétie* | Changement subit dans la situation d'un personnage de récit. |
| *Point de vue* | Position du narrateur qui raconte l'histoire. Le point de vue peut être interne (pensées et sentiments d'un personnage), externe (récit des faits en tant que témoin), omniscient (il connaît tout des lieux, de l'action, des personnages). |
| *Réaliste* | Le registre réaliste s'applique à une œuvre qui se veut fidèle à la réalité, c'est-à-dire à la fois vraisemblable et fonctionnant sur l'illusion référentielle. |
| *Recueil* | Livre réunissant des écrits. Exemples : recueils de poésies, d'articles de journaux. Le livre que tu as entre les mains est un recueil de nouvelles russes. |
| *Satire* | Du latin *satura* (« mélange ») : représentation moqueuse d'un milieu, d'une catégorie sociale, d'une institution. |
| *Surnaturel* | Ensemble des phénomènes qui échappent aux lois de la nature. |

**Âge d'or**

Dans la mythologie antique, « l'âge d'or » coïncide avec le règne de Saturne-Cronos dans le ciel. Sur terre, le bonheur régnait. On désigne ainsi toute période passée riche et heureuse. Le XIXe siècle apparaît en Russie comme la période la plus riche en littérature d'où l'expression « âge d'or ».

**Assesseur de collège**

C'est le 8e grade (sur 14) dans la hiérarchie des fonctions de l'administration russe, d'après le tchin.

**Baba Yaga**

Cette sorcière est sans doute l'un des personnages les plus connus des légendes populaires russes. Elle possède des pouvoirs effrayants et malfaisants qu'elle exerce volontiers contre les humains.

**Borsch**

C'est une des soupes russes les plus connues, à base de choux et de betteraves rouges, dans laquelle on fait cuire de la viande de bœuf. Mais il existe beaucoup d'autres délicieuses soupes dont les Russes sont friands, particulièrement celles faites à base de champignons.

**Caftan**

Ce vêtement présente, selon les pays et les époques, une très grande variété de tuniques longues. On peut le considérer en Russie au XIXe siècle comme un manteau long, avec ou sans manches.

**Conseiller d'État**

C'est le 5e grade (sur 14) dans la hiérarchie des fonctions de l'administration russe, d'après le tchin.

**Corruption**

Elle était le fléau de l'administration russe, car les fonctionnaires qui étaient très mal payés acceptaient volontiers de rendre tous les services que l'on voulait en échange d'argent ou de cadeaux : on pouvait ainsi facilement obtenir toutes les faveurs et tous les passe-droits que l'on voulait pourvu qu'on y mît le prix.

**Datcha**

Il s'agit d'une maison de campagne russe, réservée aux gens riches.

**Icône**

Dans la religion orthodoxe, ce terme désigne des images pieuses, de toutes dimensions, peintes sur bois et représentant le Christ ou la Vierge, sur fond doré.

| | |
|---|---|
| *Intelligentsia* | Il s'agit de l'élite intellectuelle russe qui, au XIX<sup>e</sup> siècle, a remis en question la structure sociale et politique du pays. Elle va poursuivre une marche inexorable vers la modernité. |
| *Kvas* | Cette boisson russe légèrement alcoolisée, peu coûteuse, est obtenue par fermentation du seigle. |
| *Kopeck* | C'était (et c'est toujours) avec le rouble la monnaie de la Russie. Un kopeck est un centième de rouble. |
| *Nihilisme* | Ce mouvement politique russe, responsable de l'assassinat du tsar Alexandre II, critiquait la société russe du XIX<sup>e</sup> siècle et prônait le terrorisme politique. |
| *Occidentalistes* | Tournés vers les modèles européens, ils critiquent les défauts de la société russe pour réveiller la conscience populaire et lui permettre d'évoluer vers la démocratisation et le libéralisme. |
| *Orthodoxie* | La religion chrétienne orthodoxe ou orthodoxie est la religion d'État en Russie sous les tsars. *Orthodoxe* signifie « conforme à une doctrine ». |
| *Pain de sucre* | On n'avait pas de sucre en poudre ou en morceau en Russie au XIX<sup>e</sup> siècle, mais des blocs de sucre de forme conique que l'on cassait par petits morceaux avec un petit maillet. |
| *Pope* | C'est le nom qui désigne un prêtre dans la religion orthodoxe. Il est marié et peut avoir des enfants. |
| *Révolution* | Il faut distinguer la révolution avortée de 1905 et la révolution d'octobre (1917) qui a mis fin au gouvernement tsariste. En 1905, une grève générale déboucha sur une libéralisation de courte durée du régime. Le régime tsariste avait vacillé mais n'était pas tombé. Cela n'arrivera que douze ans plus tard. |
| *Samovar* | Cette grosse bouilloire en cuivre, chauffée par en dessous, entretient l'eau chaude toute la journée ; sur le dessus est posée une théière contenant du thé concentré. |

| | |
|---|---|
| *Serf* | Hommes, femmes, enfants, véritables esclaves, ils étaient attachés au sol, appartenant à l'État ou à des propriétaires terriens. Ils devaient corvées et impôts. En cas de vente, ils étaient vendus avec la propriété. |
| *Slavophiles* | Ils ont peur de perdre leur originalité historique et culturelle en « s'européanisant ». |
| *Spiritisme* | C'est une science occulte qui cherche à provoquer la manifestation d'esprits et à communiquer avec eux. |
| *Table des rangs ou tchin* | Tous les fonctionnaires russes étaient classés par catégories, selon l'importance des services qu'ils rendaient à l'État. Cela permettait à des personnes qui n'étaient pas nobles de le devenir, en s'élevant de degré en degré jusqu'au plus haut rang de la table. |
| *Télègue* | Il s'agit d'une charrette russe à quatre roues. |
| *Touloupe* | Ce manteau généralement en peau de mouton, parfois en peau d'agneau, était porté par les paysans russes. |
| *Transsibérien* | Le « Transsib » (en russe : Транссиб) est une voie ferrée qui relie Moscou à Vladivostok sur plus de 9 000 kilomètres. La ligne du Transsibérien traverse plus de 990 gares. De Moscou à Vladivostok, la durée du voyage est d'une semaine. |
| *Troïka* | C'est un grand traîneau tiré par un attelage de trois chevaux. Cependant ce terme désigne aussi l'alliance de trois personnalités de même importance politique ou militaire qui s'unissent pour diriger. |
| *Tsar* | C'est l'empereur de Russie au XIXe siècle, qui, à lui seul, détient tous les pouvoirs, c'est un pouvoir personnel absolu que l'on nomme *autocratie*. Il est sur terre pour les humains ce que Dieu est dans le ciel pour les âmes. La Russie du XIXe siècle a vu se succéder cinq tsars de la même famille, les Romanov, au pouvoir déjà depuis 1613 : Alexandre Ier (1801-1825), Nicolas Ier (1825-1855), Alexandre II (1855-1881), Alexandre III (1881-1894), Nicolas II (1894-1917). |

# À lire et à voir

● **AUTRES RÉCITS RUSSES**

Pouchkine
*La dame de Pique*, 1825 © trad. André Markowicz et Françoise Morvan, Actes Sud, 2009

Une nouvelle fantastique au cours de laquelle un jeune officier russe va séduire une jeune fille pour s'approcher d'une vieille comtesse qu'il va faire mourir de peur afin d'obtenir d'elle le secret qu'elle détient pour gagner aux cartes.

Le fantôme de la comtesse revient bien lui révéler la combinaison magique mais ce n'est pas impunément...

Gogol
*Le Journal d'un fou*, 1835 © Librio, 2004

Comment un petit fonctionnaire russe du XIXe siècle, qui passe sa vie à tailler les crayons et classer les dossiers de son directeur, mène une vie totalement routinière. Mais sa vie lui déplaît car il est ambitieux et fier. Il est également amoureux de la fille de son directeur. Il voudrait la connaître mais n'ose l'aborder. Il sombre brusquement dans la folie pour éviter les souffrances que la vie lui impose...

Dostoïevski
*Le Double*, 1846 © trad. André Markowicz, Actes Sud, coll. Babel, 1998

Dans ce roman fantastique, le héros, fonctionnaire d'un ministère à Saint Pétersbourg, découvre l'existence de son double parfait qui le suit dans la rue, s'introduit chez lui, mange à sa place au restaurant... En un mot le persécute. On y croit vraiment !...

**Tourgueniev**
*Premier Amour*, 1860 © Trad. R. Hoffmann, Éd. du Chêne, 1947

Ce bref roman autobiographique raconte comment à seize ans un adolescent de la bourgeoisie russe du XIXᵉ siècle, solitaire et rêveur, tombe amoureux d'une jeune beauté de vingt-et-un ans, sa voisine, une coquette qui s'amuse à rendre jaloux ses prétendants. Le jeune homme découvre que son propre père a une liaison avec elle. Il en est profondément blessé. Le destin de ces deux êtres qu'il a aimés sera tragique.

**Léon Tolstoï**
*Guerre et Paix*, 1865-1869 © Éd. Gallimard, La Pléiade, 1945

Le roman raconte une histoire s'étalant de 1805 à 1820, et, entre autres, la campagne de Russie et l'incendie de Moscou en 1812. S'entremêlent des souvenirs de guerre, une histoire familiale et une chronique mondaine. Les personnages, très nombreux, se trouvent liés à un moment ou à un autre. Ils vivent dans le luxe, évoluent dans des dîners, des bals et des réceptions où l'on fait assaut d'élégance, mais la douleur et la mort frappent dès que la guerre revient au premier plan. Si les relations franco-russes de l'époque y apparaissent, les milieux nobles de l'époque tsariste y sont largement décrits et le problème du servage soulevé.

*Nouvelles et récits russes classiques*
© Pocket 2008 Édition bilingue ; trad. et notes par Katia Fache,
Irène Ghivasky et Martin Julien

Quatre nouvelles dans ce livre : on trouve un récit fantastique de Dostoïevski, *Le Songe d'un homme ridicule* et un drame humain écrit par Tchekhov, *L'envie de dormir*, qui montre comment l'être humain peut en venir à commettre l'irréparable si ses conditions de vie sont insupportables. Tourgueniev, pour sa part, évoque le poids de son éducation dans *Le rêve*. Enfin, Tolstoï veut montrer l'hypocrisie des classes sociales dans *Trois morts*.

## ● HISTOIRE DE LA RUSSIE

Henri Troyat
*La vie quotidienne en Russie au temps du dernier tsar* © Éd. Hachette, 1959

De façon très vivante, en suivant les pérégrinations d'un Français, Jean Roussel, l'auteur nous explique avec précision la vie des Russes entre la fin du xixᵉ siècle et le début du xxᵉ siècle. À la campagne, à la ville, dans les familles ou aux bains publics, peu de lieux échappent à ce récit émaillé d'anecdotes.

Marquis de Custine
*La Russie en 1839* © Actes Sud, 2005

Préface Hélène Carrère-d'Encausse, notes de Michel Parfenov

Le Marquis Astolphe de Custine raconte sous forme de lettres le voyage qu'il a fait de juin à septembre 1839 à travers la Russie, rencontrant de nombreuses personnalités comme le tsar Nicolas Iᵉʳ ou l'ambassadeur de France. Il présente la Russie comme un pays arriéré, où le gouvernement fait régner la peur et la violence. C'est une description sans concession.

Hélène Carrère d'Encausse
*Alexandre II : le printemps de la Russie* © Fayard, 2008

Il s'agit d'une biographie de l'empereur de Russie Alexandre II qui succéda à son père Nicolas Iᵉʳ. On y trouve exposées son action politique et les grandes réformes qu'il a lancées : l'abolition du servage, la réorganisation de l'administration locale, la démocratisation de l'enseignement, le service militaire obligatoire et le développement du réseau ferroviaire.

## ● RÉCIT DE VOYAGE

John Dundas Cochrane
*Récit d'un voyage à pied à travers la Russie et la Sibérie tartare,
des frontières de la Chine à la mer Gelée et au Kamtchatka* © Ginkgo, 2010

> Traduit de l'anglais par Françoise Pirart et Pierre Maury

> C'est le récit de l'expérience incroyable d'un homme qui, parti de Londres en 1820, traversa seul, à pied, l'Empire russe jusqu'à la frontière chinoise. Cette expédition dura plus de trois ans.

## ● POÉSIE

Henri Abril
*Anthologie de la Poésie russe pour enfants* © Circé 2000 (bilingue)

> En Russie, la poésie écrite spécialement pour les enfants est extrêmement populaire, au point de former un genre à part. Pendant la période soviétique où la liberté d'expression était très réduite, nombre de poètes ont pu s'exprimer par ce canal et montrer ainsi les souffrances du pays. Dans ce livre, on trouve les textes de dix poètes : ces poèmes sont appris par cœur par des millions d'enfants russes actuels.

## ● LIVRE POUR RIRE

Sylvain Tesson
*Katastrôf ! Bréviaire de survie* © Éd. Mots et Cie. Département de Mango
Édition, 2004

> Le vocabulaire russe contient de très nombreux mots tirés du français ; c'est ce que nous offre ce guide pratique et drôle, qui permet au lecteur de voyager en restant assis et au touriste ignorant la langue russe de se tirer de toutes les situations. Par exemple, si, un jour par hasard, vous vous trouvez dans la taïga sibérienne, seul survivant d'une catastrophe aérienne, vous pourrez dire aux secouristes : « Motor kapout ! Sabôtaj ! Déflagratsia ! Avariâ ! Apokalyps ! Katastrôf ! Kataklysm ! Kochmâr ! », c'est-à-dire : « Le moteur est tombé en panne, c'est un šabotage, il y a eu une déflagration et là, ce fut l'accident ! Catastrophe ! Cataclysme ! Cauchemar ! »

## ● CUISINE RUSSE POUR LES GOURMANDS

Michel Parfenov
*Cuisine Russe* © Actes Sud, 2005

> L'auteur, arrivé en France alors qu'il était enfant, associe à ses souvenirs des recettes de plats traditionnels, des renseignements sur les coutumes alimentaires et des citations littéraires sur la cuisine russe.

Halma Witwicka, Serge Soskine
*La Cuisine russe classique* © Albin Michel, 1993

> Trois cents recettes traditionnelles qui permettent de confectionner des mets de fête et des plats plus quotidiens.

## ● FILMS RUSSES

*Guerre et Paix*
1967, film russe de Serge Bondartchouk

> Ce film est une adaptation russe magistrale du roman de Tolstoï.
>
> Il a reçu en 1968 l'Oscar du meilleur film étranger.

*Les yeux noirs*
1987, film russe de Nikita Mikhalkov (avec Marcello Mastroianni)

> Le scénario est inspiré de *La Dame au petit chien* d'Anton Tchekhov. Au cours d'une traversée sur un paquebot, un Italien marié raconte à un homme sa rencontre avec une Russe mariée et les mésaventures sentimentales qui s'en suivirent.

*Le Barbier de Sibérie*
1998, film russe de Nikita Mikhalkov

> En 1905, Jane écrit à son fils cadet pour lui révéler le secret de sa naissance. Tout commence en 1885, un excentrique invente en Russie une machine à déboiser, idéale pour les immenses forêts de Sibérie. Mais il a besoin de soutien financier, il utilise donc Jane comme ambassadrice de charme auprès d'un général, qui va tomber amoureux d'elle. Mais Jane, de son côté, est tombée amoureuse d'un cadet de l'armée russe. Une terrible histoire d'amour commence...

## ● MUSIQUE RUSSE

Bart Moeyaert
*Olek a tué un ours* © Éditions du Rouergue, 2006. Illustrateur :
Wolf Erlbruch

Ce livre est l'adaptation du conte russe *L'oiseau de feu* : Olek a beau être un chasseur d'ours, il a un grand cœur. Il sait faire des gestes simples pour aider les autres : nouer un lacet, réparer un seau percé ou délivrer un lapin pris au piège. Un oiseau a une aile cassée, il est là pour le sauver mais s'étonne de se retrouver avec une plume rouge sang dans la main. Que va-t-il faire pour aider douze jeunes filles prisonnières du diable dans un jardin ensorcelé ?

L'album jeunesse est accompagné d'un CD contenant un enregistrement d'Olek tuant un ours par les solistes de l'Orchestre de la Radio Flamande.

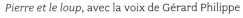

Serge Prokofief
*Pierre et le loup*, avec la voix de Gérard Philippe

C'est vraiment toute l'ambiance de l'hiver russe qui est créée dans ce conte musical très didactique et magnifiée par la merveilleuse voix de Gérard Philippe.

Yvan Rebroff
*Ses plus grands succès*, Musiques du monde, 2001

Le CD contient des chansons traditionnelles russes et des airs très connus : *Les Yeux noirs. – Plaine, ma plaine. – Dans la rue de Saint-Péters-bourg. – Patrouille des Cosaques. – La Chanson de Lara. – La Seine et la Volga. – Ah, si j'étais riche. – Les Deux guitares. – La Légende des douze bri-gands. – La cloche monotone. – Les cloches du soir. – Ol'man river. – Kalinka malinka. – Qu'il est joli.*

# ble des illustrations

**Principe de maquette :** Marie-Astrid Bailly-Maître & Sterenn Heudiard
**Mise en page :** CGI
**Relecture, corrections :** Laurence Daboval
**Illustrations intérieures :** Fabrice Lilao
**Cartographie :** Domino
**Iconographie :** Hatier Illustration

Achevé d'imprimer par Grafica Veneta S.p.A. - Italie
Dépôt légal n. 95425 2/01 - Mars 2011